「さあ……自分で脚を広げるんだ」

「え……」

ビアンカは彼の顔を見つめた。彼はふっと微笑む。

「君の一番敏感なところにキスをしてあげよう」

一番敏感なところ……。

それを聞いただけで、身体に熱いものが駆け巡っていく。

# 氷の侯爵と偽りの花嫁

水島 忍

white heart

講談社X文庫

# 目次

イラストレーション／八千代《やちよ》ハル

# 氷の侯爵と偽りの花嫁

# 第一章　運命の再会

ビアンカは窮地に立たされていた。

今、身に覚えのない罪を着せられようとしている。

「盗んだなら、盗んだとちゃんと言ってほしいの……。お願いよ」

ドナ・ヘイルズが皺《しわ》だらけの手を組み、懇願するようにビアンカに言った。

ビアンカが老婦人ドナの付き添い役を務めるようになったのは、一年半前のことだった。ドナは当時、たった一人の親族である孫息子を亡くしたショックで、生きる気力も失っていた。

一年半の間、ビアンカは親身になってドナの世話をして、本当の祖母のように慕うようになっていた。そして、彼女も本当の孫娘であるかのように可愛《かわい》がってくれた。保養地であるバースやブライトンに長逗留《ながとうりゅう》していたが、今はロンドンにある自宅の屋敷《やしき》へ戻り、二ヵ月が経《た》つ。

今では彼女はとても元気になってくれて、喜んでいたというのに……。

どうして、彼女はビアンカに宝石泥棒の疑いをかけるのだろうか。

ビアンカは信じられなかった。

ドナが裕福な未亡人で、宝石もたくさん持っていることを知っている。そして、その宝石が書斎にある金庫に納められていることや金庫の鍵のありかも。しかし、ビアンカは金庫に手を触れたこともない。確かに書斎にはよく出入りしているが、それはドナに用事を言いつけられたときだけだった。

たとえば紙とペンとインクを持ってくるように言われたときや、書斎の本棚から本を持ってくるように言われたときだ。金庫に目を向けることなど一度もなかった。

しかし、疑いをかけられたことそのものより、ドナに信用されていなかったという事実が、ビアンカを苦しめていた。

ドナは絶対にわたしを信じてくれていると思っていたのに。

いつもであれば、この居間はビアンカが安らげる部屋だった。大きな暖炉があり、その周りにはたくさんの小物が飾ってある。赤を基調とした絨毯《じゅうたん》が敷かれ、ふかふかのソファや椅子《いす》、テーブルが置かれていて、温かい家庭を感じさせる部屋だったからだ。

座り心地のいい椅子に腰かけるドナは、つらそうに顔を歪《ゆが》めて言った。

「あなたにはずいぶん世話になったわ。宝石はどうでもいいのよ。ただ……あなたに本当のことを言ってもらいたいの」

ビアンカは立ったまま、涙を溜《た》めた青い大きな瞳《ひとみ》をドナに向けた。蜂蜜色《はちみついろ》の長い髪をリボンでひとつにまとめ、ドレスは襟元まで詰まっているごく質素なものだ。付き添い役として、自分にはなんら恥じるところがないと今までは思っていた。

「わたし……本当のことを言ってます。宝石なんて盗んでいません。信じてください！」

しかし、ドナは困ったように首を横に振った。

「でも……ないのよ。わたしだって、あなたが犯人だなんて思いたくないわ。でも、カサンドラが……」

ビアンカが犯人ではないかと仄《ほの》めかしたのは、カサンドラだったのか。彼女はドナの遠縁で、ここ二ヵ月、ドナの客としてこの屋敷で暮らしている中年の女性だ。何かというと、ビアンカは彼女に辛辣《しんらつ》な態度を取られていたので、きっと嫌われていると思っていたが、間違いではなかったようだ。

ビアンカは、瘦《や》せぎすで意地が悪そうな目つきをしたカサンドラの姿を思い浮かべた。まさか、宝石はカサンドラが……。

ちらりとそう思ったが、そんなふうに疑うのはよくない。とはいえ、ドナはこの一年半の間、懸命に尽くしてきた自分よりも、血の繋《つな》がりがあるカサンドラのほうを信用するのかと思ったら、悲しかった。

ビアンカはドナの付き添い役として働く前に、住み込みの家庭教師をしていたことがあった。最初は子供達も懐き、楽しく働いていたが、その家の主人に言い寄られ、挙げ句の果てには乱暴されそうになったのだ。妻に見つかった主人はすべてをビアンカのせいにした。ビアンカが誘惑してきたのだと。

ビアンカは紹介状ももらえず、その家を追い出された。紹介状がなければ、なかなか次の仕事が見つからない。ドナの付き添い役として雇ってもらえたのは、彼女に正直に家庭教師をくびになった理由を話したからだった。彼女は同情して、ビアンカを雇ってくれた。

でも、今、こうして宝石泥棒をしたと責められて……。

身に覚えのないことだが、ここを解雇されたら、自分はどうなるのだろう。ビアンカは不安でいっぱいだった。泥棒と疑っているドナが紹介状を書いてくれるとは思えない。今まで精一杯、働いていたことがすべて無駄になってしまう。

そして、わたしは路頭に迷うことになってしまうわ……！

両親はもう他界しているが、田舎《いなか》には兄夫婦がいる。けれども、兄夫婦には三人の小さな子供がいて、ビアンカが厄介《やっかい》になるわけにはいかない。

裕福だった頃の自分の生活が脳裏《のうり》をよぎる。

今では誰も信じないかもしれないが、ビアンカは子爵令嬢だった。だが、父は借金を残して亡くなり、兄は名ばかりの爵位を継いだものの、厳しい暮らしを強《し》いられている。ビアンカはもう田舎に戻ることはできないのだ。

だから、ドナになんとか信じてもらわなくては。自分は何も盗んでいないことを。

「わたしは無実です。信じてください。わたしは宝石なんて絶対に盗んでいません！」

心を込めて、そう言う。口先だけで言っているのではないことを、彼女に伝えたかった。

ドナは心を動かされたように見えた。

「そうね……。あなたがそこまで言うのなら……」

そのとき、後ろから女性の鋭い声が聞こえてきた。

「ダメよ、ドナ。あなたは彼女に騙《だま》されているのよ」

カサンドラだ。ビアンカは振り向いてみて、目を見開いた。

彼女は一人ではなかった。隣に長身の青年が立っている。

黒髪で銀色の瞳をした彼はすらりとしていたが、肩幅があり、上質な生地のフロックコートがよく似合っていた。顔立ちは整っているものの、眼差《まなざ》しは鋭い。彼はビアンカを見て、はっとしたように目を瞠《みは》った。

ビアンカはその青年をよく知っていた。いや、三年前はよく知っていた。まさか、こんなところで再び会うとは思わなかったが。

脚が震える。立っていられないほどの衝撃を、ビアンカは受けていた。

二人の視線が絡み合う。彼はビアンカだけを見つめていて、一瞬、三年前の幸せだったあのときに戻ったようだった。

「まあ、オーウェンじゃないの！　訪ねてきてくれたのね！」

ドナは青年を見て、嬉《うれ》しそうに手を広げた。彼は無理やり視線をドナに向け、ぎこちなく微笑《ほほえ》むとドナに近づき、彼女を抱き締めた。

「ドナ、本当に久しぶりですね。父の喪が明けて、やっと社交界に顔を出せるようになったから、あなたに挨拶《あいさつ》に来たんですよ」

二人は知り合いだったのだ。今までドナの付き添い役を務めていながら、そんなことも知らなかった。

彼はちらりとこちらに目を向ける。今度はさっきとは違い、射るような鋭い目つきだ。

ビアンカは思わず視線を逸《そ》らした。

オーウェン……。オーウェン・フィッツウィリアム。一年ほど前に父親を亡くし、今は爵位を継ぎ、ブラックモア侯爵と呼ばれている。

彼はもう二十八歳だ。そして、三年前、社交界にデビューしたばかりだったビアンカは、今は二十歳。いや、もうすぐ二十一歳になろうかという年齢になっていた。社交界では行き遅れの女性ということになる。

あの華やかな社交界生活は悲しい幕切れとなった。ビアンカはあの頃のことを思い出したくなかったし、とりわけオーウェンとはもう二度と会いたくないと思っていた。彼を傷つけ、同時に傷つけられたビアンカは、立ち直るまでにかなりの時間が必要だった。

しかし、今も自分の心はまだ完全には癒《い》えていなかったようだ。彼と同じ部屋にいると思っただけで、張り裂けそうなくらい胸が痛んでいる。

あの頃、わたしは彼に夢中だった……。彼しか目に入らないほど愛していた。

結局、ビアンカは忘れたつもりでも忘れていなかったのだ。彼を見ただけで三年前の気持ちに戻るのは、まだ彼に強い感情を抱いているということだ。

もしかして、わたしはまだ彼を愛しているの……？

いいえ、そんなことはないはずよ。あんなに傷つけられたというのに。

彼はドナに向き直った。

「今、親戚《しんせき》の方に聞きましたが、付き添いの女性が宝石を盗んだそうですね」

カサンドラはそんなことまで訪問客に告げたのだ。

なんてひどい……！

だが、ビアンカは何よりオーウェンに宝石泥棒と思われていることがつらかった。

ビアンカはかつてオーウェンと恋人同士だった。二人は愛を囁《ささや》き合い、キスを交わした。

でも、あのとき彼は本気なんかじゃなかったのよ……。

二人の愛は破局を迎えた。それでも、三年の時を経て再会した彼に、こんな惨めな場面を目撃されたくなかった。

ビアンカがつらい思いで立ち尽くしていると、ドナはオーウェンに言った。

「ビアンカは心を込めて世話をしてくれていたの。だから、宝石のことはいいのよ。ただ、彼女に嘘《うそ》はついてもらいたくない。それだけなの。だって、これから先、彼女のことを信用できなくなってしまうもの」

彼女はビアンカを疑っているが、これからも引き続き、雇うつもりでいてくれているのだ。疑われていることは悲しいけれど、それだけは嬉しかった。

しかし、オーウェンの言葉は辛辣だった。

「盗みを働くような使用人はすぐにやめさせるべきですね」

「そんな……！」

ビアンカは悲鳴のような声で、そう言わずにいられなかった。誰よりも、彼にそう言われたことに傷つき、大きく見開いた瞳から涙が溢《あふ》れてくる。

彼は何も知らないのだ。住み込みで働いている使用人が追い出されたら、すぐに路頭に迷ってしまうことを。次の仕事も決まらず、どうやって食べていけばいいのだろう。

彼が本当はビアンカを愛していなかったことは判《わか》っている。だが、かつては恋人同士だったというのに、こんな残酷なことを言えるなんて、なんて冷たい人間になったのだろう。

それとも、昔からこういう冷酷な性格だったのだろうか。あの頃はビアンカが知らなかっただけかもしれない。

カサンドラは横から口を挟んできた。

「それより、警察に引き渡すべきじゃないかしら。盗みは犯罪よ。どうせ宝石を売り払って、お金はどこかに隠しているんでしょうけど」

ビアンカは警察と聞いて、たじろいだ。ドナは顔をしかめて、首を横に振る。

「警察なんてとんでもない。宝石は本当にいいの。ビアンカはそれに値《あたい》するだけの仕事はしてくれたわ。でも……」

ドナはすまなそうな顔でビアンカを見た。

「オーウェンの言うことも判るの。悪いけど、やめてもらうわ。紹介状は書くから……」

ビアンカはそっと頷《うなず》く。やめたくないが、仕方ない。いくら盗んでいないと言っても、誰も信じてくれないのだから。ドナが紹介状を書いてくれるというなら、それを受け入れるべきだ。

だが、それにもオーウェンが口を出してきた。

「それは甘すぎますよ。泥棒に紹介状を書くなんて。この娘にはちょっとしたお仕置きが必要です。警察に突き出さないなら、僕が引き受けますよ」

ビアンカの身体《からだ》が震えた。

彼は何を言ってるの……？

ひょっとして、彼はビアンカを捨て猫みたいにどこかに追いやる役を引き受けると言っているのだろうか。お仕置きというのは、そういう意味なのか。

「そうね。わたしはどうしたらいいか判らないから、あなたにお願いしようかしら」

ビアンカが何も言えずにいるうちに、彼はドナの了解を得ていた。

ドナはビアンカに言う。

「このかたはブラックモア侯爵よ。あなたにはいろいろ問題があるようだから、彼に助けてもらうといいわ。……大丈夫。彼は優しい人よ。あなたにひどいことはしないわ」

オーウェンが引き受けると言ったのを、ドナはどんなふうに解釈したのだろう。少なくとも、彼は決してビアンカを助けようとは思っていないはずだ。

それどころか、もっとひどいことをされそうな気がしてくる。

「わ、わたし……行けません」

「僕と行かないなら、紹介状もなしに追い出されるだけだ。どちらがいいかな？　行く場所もなく、ロンドン中を彷徨《さまよ》うのか？」

オーウェンの冷たい声がビアンカの胸に突き刺さった。

つらすぎて、指の先が冷たくなって痺《しび》れてくる。ビアンカはギュッと目を閉じた。しかし、そんなことをしたところで、この厳しい現実は変わらない。

わたしを守ってくれる愛《いと》しい人はもういない……。

一瞬、オーウェンが優しく自分だけを見つめてくれているところが脳裏に浮かんだ。

ビアンカは目を開け、この場にいる人間の一人一人を見た。

意地悪な目つきのカサンドラ、悲しみをたたえたドナの瞳、そして、嘲《あざけ》りの視線を向けるオーウェン。

もう、わたしはどこにも逃げられない。逃げても解決しないのよ。

どんなに無実だと訴えても、誰も信用してくれない。ビアンカは虚《むな》しさを感じながらも、かつての恋人の許《もと》に行くことを選ぶしかなかった。

今すぐ荷物をまとめるように言われて、仕方なく居間を出ていく。ドナがメイドに紅茶とお菓子を持ってくるように伝える声が聞こえてきた。オーウェンがドナを気遣う優しい声も。

ビアンカはすっかり惨めな気持ちで自分の部屋に戻る。涙が溢れ出て、手が震える。しかし、ビアンカの荷物はそれほど多いものではないので、すぐにトランクに詰め終わってしまう。

荷物を持って階下に下りたが、オーウェンがドナとお茶を飲む間、ホールで待たされた。やがて、オーウェンがやってきた。後ろからドナも来たので、彼女に挨拶する。

「……今までお世話になりました」

ドナは未払いの分の給金を渡そうとしたが、オーウェンに止められる。

「そんな必要はないでしょう」

「でも……」

カサンドラも加勢する。

「そうよ。この娘はあなたの宝石を盗んで、お金に換えているのよ。この娘が持っているお金を取り上げたほうがいいわ」

彼女の目は異様に輝いている。ビアンカは思わず手提《てさ》げ袋を胸に抱いた。そこには、細々と貯《た》めた給金が入っていた。働いて得た対価だ。彼女に取り上げられるわけにはいかない。

「ほら、よこしなさいよ！」

カサンドラが手を伸ばそうとするのを、ドナは止めた。

「やめて、カサンドラ。宝石はもう彼女にあげたわ。これでいいでしょう？」

ドナは優しい。ただ、彼女が自分を信じてくれなかったことだけが悲しかった。

カサンドラは舌打ちした。ビアンカはつらい気持ちを抱きながら、ドナにもう一度、お礼を言った。ただ、そのお礼は彼女の優しさに対するものではなく、今まで雇ってくれたことに対するものだった。

悄然《しょうぜん》として家を出て、オーウェンの立派な馬車に乗り込む。とても惨めだった。

ドナとは判り合えていたつもりだったが、それは思い上がりに過ぎなかったのだ。雇い主と付き添い役の枠を超えて、祖母と孫娘みたいな関係になれた気がしていたのは、ビアンカだけだったのだろう。

彼女は血の繋がったカサンドラのほうが大切で……。

いや、もう考えるのはやめよう。自分の努力や気持ちも、血の繋がりには勝てなかったと思うのは、つらすぎるから。

ビアンカの前の座席に、オーウェンが乗り込んだ。扉が閉まると、妙な気分になってくる。狭い空間に、彼と閉じ込められているように思えてきたのだ。彼の視線を感じたが、ビアンカは窓の外に目を向け、彼のほうを見ないようにする。

彼のことをまだ愛しているなんて、そんなはずはないから。

彼を見るたび、いろんなことが思い出されるとしても。

やがて馬車が動き出した。ドナの屋敷が遠ざかる。ドナと過ごした日々が頭をよぎる。ドナのような優しい雇い主に出会うことはもうないだろう。それに、これからのことを考えると心配でたまらなかった。オーウェンは自分をどうする気なのだろう。

ビアンカはいつしか昔のことを思い出していた。

あれは三年前のこと……。

当時、ビアンカは十七歳で、社交界にデビューしたばかりだった。病弱だった母を幼い頃に亡くし、本ばかり読んで育ったために、同年齢の娘に比べると少し浮き世離れしていたかもしれない。子爵である父は母を亡くしてからというもの、ひどく偏屈になり、家にあまり居着かなかった。十歳違いの兄トレヴァーが可愛がってくれたが、それでも淋《さみ》しい少女時代だったのは確かだ。

ただ、五年前にトレヴァーが結婚してからは違っていた。義姉のティルダは優しくて、やがて甥《おい》と姪《めい》が生まれ、それからは賑《にぎ》やかで楽しい生活を送るようになった。本来なら、一年前に社交界にデビューするはずだったが、そのとき一番下の姪が生まれたばかりで、一家がロンドンに出かけるのは無理だった。

ビアンカはロンドンに来たのは初めてで、見るもの聞くものすべてめずらしくて、楽しくて仕方なかった。それまでも何不自由ない暮らしをしていたにもかかわらず、目の覚めるような綺麗《きれい》なドレスを誂《あつら》えてもらったビアンカは、自分がまるで物語の姫君にでもなったかのような気がしていた。

ビアンカはティルダに、舞踏会など社交の場へ何度も連れられていった。毎日が新鮮で、いつもわくわくしていた。そんなある日、ビアンカはオーウェンを初めて見たのだった。

その頃のオーウェンはまだ二十五歳で、侯爵の跡継ぎという立場にあった。外見はうっとりするような美男子で、若い娘のみならず女性はこぞって彼と踊りたがったが、本人はそのことにあまり興味がない様子だった。友人と話すときは楽しそうにしているのに、女性には礼儀正しい態度で愛想《あいそ》よくしていても、どこか素っ気なく見えてしまうのだ。

彼の心を摑《つか》むのは誰なのか……と噂《うわさ》にもなっていた。一時期、悪い友人と遊んでいたらしく、今もどこかに愛人を隠しているのではないかという噂もあった。いずれにしても、社交界ではよくも悪くも注目される存在だった。

ビアンカはひそかに彼に憧《あこが》れていた。ただ、自分と彼の間に何かが起こるとは考えていなかったし、もちろんダンスに誘われることなどなかった。

ある日、父の友人夫妻が主催する舞踏会に招かれ、そこにオーウェンもいた。ビアンカは父の友人に紹介されて、初めて彼とワルツを踊ることになった。

といっても、礼儀上、仕方なくダンスを申し込んでくれたに過ぎない。彼はいつも舞踏会で見せるように、微笑みながらも礼儀正しい態度を崩さなかった。

素っ気ないというより、冷ややかと言ったほうが正確かもしれない。彼はその眼差しだけで、ビアンカに関心がないことを伝えているようだった。彼にとって、十七歳の自分はただの小娘に過ぎないということなのだろうが、ビアンカは少し悲しかった。なんの期待もしていないとはいえ、もう少し優しい顔を見せてくれるかと思ったのに。

音楽が終わり、彼はビアンカを元の場所まで連れて帰ると、すぐに人込みの中に姿を消してしまった。ビアンカは友人達にオーウェンと踊った感想を聞かれた。だが、まさか冷たそうな人だったとも言えない。オーウェンにはみんな幻想を抱いていたからだ。

とはいえ、ビアンカもその幻想を抱いていた一人だった。

でも、彼は物語に出てくる『王子様』なんかじゃないんだから。

彼はただの生身の人間だ。不死身だったり、竜と戦ったりするわけではない。

ビアンカは踊って暑くなってきたため、頬《ほお》の火照《ほて》りを冷ますために、一人で庭に出た。本当は一人きりで行動していると、ティルダに叱《しか》られるのだが、彼女はおしゃべりに夢中で気づかない。

月明かりに照らされた庭の中の小道をぶらぶらと歩いていると、背の低い庭木の向こうから、男性の低い声が聞こえてきた。ビアンカははっと立ち止まる。

「……おまえはずいぶん痩せているな。可哀想《かわいそう》に」

その声はさっき踊った相手だった。しかし、なんだかとても優しそうな喋《しゃべ》り方で、ビアンカにダンスを申し込んできたときの声とはまるっきり違う。

思わずビアンカは庭木の陰から向こうを覗《のぞ》いた。

そこには、確かにオーウェンがいた。彼は痩せた子猫を両手で抱き上げていた。子猫は彼の両手の中に入るくらい小さく、ミーと一声鳴いたが、元気がない様子だった。

まあ……！　信じられない。

彼が子猫にあんなに優しくしているなんて……。

「その子、怪我《けが》しているの？」

声をかけると、オーウェンは子猫を抱いたまま、こちらを向いた。ビアンカが見つめ返すと、彼はばつが悪そうな顔をして、視線を逸らす。

「……いや。怪我じゃないみたいだ。痩せているから親とはぐれたんだろう。……おい、猫。おまえの親はどこにいるんだ？」

『猫』と話しかけられた子猫はきょとんとして、オーウェンの顔を見ていた。ビアンカはおかしくなって、クスッと笑う。

「どうして笑うんだ？　僕が猫を抱いていると、おかしいのか？」

「そうじゃないわ。ただ……『猫』じゃなくて、何か名前をつけてあげればいいのにと思ったのよ」

彼は眉《まゆ》をひそめた。

「僕はこいつを飼うつもりはない」

「でも、あなたが飼わなければ、死んでしまうわ」

「君が飼えばいいことだ」

ビアンカは一瞬だけ子猫が家にいる生活を夢見たが、父が猫嫌いだということをすぐに思い出した。田舎の屋敷なら父がいないことも多いし、納屋でこっそり飼うこともできる。だが、ロンドンでの住まいに猫を持ち込んだら、叱られるだろう。

「わたしの家ではダメなの。それに、あなたが助けたんだもの。ほら、あなたを頼っているわ。見捨てたら可哀想」

子猫はか細い声で鳴き、必死で助けてほしいと訴えかけているように見えた。彼は子猫を胸に抱くと、頭を撫《な》でてやる。

「僕は猫があまり好きじゃないが、猫好きの友人ならおまえを喜んで受け入れてくれるかもしれないな」

猫が好きでないと言うが、それにしては可愛がっている。とはいえ、彼には彼の事情があるのだろう。ビアンカと同じで、猫が苦手な家族がいるのかもしれない。

「よかったわね。優しい人に拾われて」

ビアンカは彼の腕の中にいる子猫の背中を撫でた。

「僕は優しくなんかないさ」

確かに、一緒に踊ったときの彼はそんなふうを装《よそお》っていた。けれども、痩せた子猫を保護しようとする彼を、優しくないとは言えない。

わたしは彼の意外な面を知ったのかもしれないわ。

「早く元気になるのよ、猫ちゃん」

彼はクスッと笑った。

「君も『猫』と呼んでいる」

「他に呼びようがないものね」

二人は顔を見合わせて笑った。

優しい空気が流れている。だが、彼は急に真面目な顔になった。

「じゃあ、僕はこれで失礼するよ。猫を連れて帰るから」

そう言って、彼は帰っていった。

一人残されたビアンカは彼とまた会いたいと思った。しかし、また顔を合わせることがあっても、こんなふうに親しく話すことはもうないだろう。

ダンスをするときの、彼の眼差しのよそよそしさときたら……。

それでも、子猫を抱いていたときは、彼の本当の姿が垣間見《かいまみ》えたような気がした。ビアンカは今の出来事を自分だけの秘密にしておくつもりだった。誰にも教えたくない。心の奥深くに隠しておこうと思った。

その一週間後、彼と再び舞踏会で会ったとき、ビアンカはダンスを申し込まれて驚いた。

まさか、また誘ってくれるなんて……。

彼の温かい手でエスコートされて、舞踏室の真ん中でワルツを踊り始める。

「猫ちゃんはどうなったの？」

彼の目がふっと優しくなる。

「ミルクをやったら、元気になったよ。今はすっかりいい毛並みになって、子供がいる友人の家で甘やかされて、可愛がられている」

「よかった！　心配してたのよ」

ビアンカが素直に喜ぶと、彼はじっとこちらを見つめてくる。

「君は……他のレディとは少し違うみたいだな」

「レディというほど、上品じゃないもの。わたしは社交界にデビューしたばかりだし、レディの見習いってところかしら」

「見習いか。だが、君達はみんな花婿を見つけるためにデビューしたんだろう？　それも、なるべく金持ちの花婿を……。レディの見習いなんて言って、のんびりしていてもいいのかい？」

ビアンカは肩を竦《すく》めた。

「父はそう言うわ。金持ちの花婿を見つけろって。でも、わたしは嫌よ。わたしは素敵な人と恋に落ちて、結婚するんだから」

「ほう。どんな男がいいんだ？」

オーウェンはビアンカの目を覗き込むようにして尋ねた。彼の銀色の瞳に見つめられて、思わず頬を赤らめる。

「ど、どんなって……」

彼はビアンカの目の前でにっこり笑った。

「赤くなったな」

「意地悪ねっ。わたしのお友達はみんなあなたに憧れているのに」

「僕は意地悪なほうだと思うよ。君達が思っているよりずっと」

ビアンカは目を丸くした。前に踊ったときはただ礼儀正しくてよそよそしかったのに、こんなふうに自分のことを話してくれるとは思わなかった。

やっぱり、この間、彼が子猫を可愛がっているのを見てしまったからかしら。

二人の間に何か特別なものがあるような気がして、心が浮き立ってくる。

「わたし、花婿探しより、もっといろんなところに行きたいの。ロンドンに来たのは初めてだし、もう何もかもがすべて新鮮で……」

「ロンドンが好きになった？」

「ええ！　でも、田舎も好きよ。わたし、庭の木陰にあるベンチに座って、本を読むのが好きなの。風に吹かれていると、気持ちいいのよ。目を閉じると、物語の世界に入っていくような気がして……。ああ、わたし、自分のことばかり喋っているわね。礼儀作法の先生には自分のことばかり話しちゃいけませんって、いつも怒られていたのに」

彼はニヤリと笑った。

「いや、そういう話なら大歓迎だ。僕が嫌いなのは、ドレスの流行の話とか人の噂話だよ」

「流行のことはよく判らないわ。噂話はするわよ。でも、悪口は嫌い」

「僕もだ」

ビアンカは彼と目を合わせて、微笑んだ。

彼も人の悪口が嫌いならよかった。少しくらい意地悪なことを言われてもいいが、陰で悪口を言うような人だけは嫌だからだ。

やがてワルツの音楽が終わる。これで彼との楽しいひとときは終わったのだとビアンカは思った。彼のような男性が自分など相手にするはずがないと判っていたからだ。

だが、彼はビアンカをテラスに連れていった。ビアンカのために飲み物も取ってきてくれたりしたが、それで女性として興味を持たれていると思い込むのは間違っている。

だって、彼にはたくさんの女性達が注目しているんだもの。

彼は自分で意地悪だと言ったものの、優しかった。紳士的な態度で、彼となら二人きりになったとしても平気だと思った。

彼は次の舞踏会でもビアンカにダンスを申し込んできた。そして、次も。

それだけではない。彼は家を訪ねてきて、お茶を飲みながら話をしていくこともあった。それから、馬車で公園に連れていってくれたことも。もちろん、付き添いの女性が傍《そば》にいて、二人きりになれることはなかったが。

ビアンカは次第に彼に夢中になっていった。彼もビアンカと同じ気持ちでいるように見えた。

あるとき、オーウェンは侯爵邸にビアンカを連れていき、付き添いの女性に金を渡して、少しの間、二人きりになれるように画策した。

彼は庭にビアンカを誘った。そして、綺麗に植わっている花ではなく、雑草のように生えている小さな花を摘み、ビアンカの髪にそっと挿《さ》してくれた。

「あ、ありがとう……」

ビアンカはそのときになって、急に二人きりになったことを意識した。周りには誰もいない。彼はビアンカの髪をそっと撫でて囁く。

「君は野の花みたいな人だ。でも、薔薇《ばら》にも負けないくらい綺麗だよ……」

「わたし……大して綺麗じゃないわ。可愛いとは言われるけど……」

「もう少ししたら、誰もが振り向く美人になるよ。いや、君が美人にならなくてもいいんだ。君みたいに素直な人はそんなにいないから……」

「そうかしら。わたしのお友達は素直な人ばかりよ」

「みんな、男の前では態度を変えるんだよ。知らなかったのかい？　特に、条件のいい男の前では」

「そ、そうなの？」

誰かの前で態度を変えたことはない。年長の人への敬意を込めることはあるが、男性の前でどう態度を変えればいいのだろうか。

それに、条件ってなんなのだろう。意味が判らない。

「そこがいいんだ。君は……僕の母とは違うから」

彼の顔に影が差した気がした。

「お母様って……どんな方なの？」

「ずっと会ってないんだ。どこにいるのかも知らない」

「そんな……」

一体、何があって、侯爵夫人は行方不明なのだろうか。何か重大なことがあったのだろう。ビアンカは彼のことは全部知りたいと思っていたが、それを訊《き》いてもいいかどうか判らなかった。

彼は少し躊躇《ためら》った後、小さな声で言った。

「母は子供だった僕を見捨てたんだ」

「子供を見捨てるなんて……。信じられないわ」

ビアンカも囁くような声で言う。きっと彼は誰にも知られたくないことだと思うから。

彼はビアンカの手を握った。

「君は……自分の子供を見捨てたりしないよね？」

「もちろんよ！　あなたの子だもの。可愛くて、見捨てたりするはずない……」

ビアンカははっと口を噤《つぐ》んだ。何もビアンカの空想だ。ビアンカがオーウェンと結婚すると決まっているわけではない。それは単なるビアンカの空想だ。オーウェンと結婚して、彼の子供を産んで育てることをいつの間にか夢見ていたのだ。

彼は目を輝かせて、囁いた。

「君は僕の子を産んでくれるんだ？」

ビアンカは自分の失言に狼狽《うろた》えていたが、改めてそう訊かれて、ドキッとする。

彼と結婚して、子供を育てるところを空想していたものの、それは今まで現実感がなかった。ただの夢物語のように思っていた。しかし、彼に囁かれた途端、その夢はビアンカにとって、絶対叶《かな》えたいものとなったのだ。

「ええ……。あなたの子供を……産みたいわ」

頬を染めて頷くと、彼は嬉しそうに微笑んだ。そして、ビアンカを抱き寄せ、そっと唇を重ねてくる。

初めてのキスだった。優しく唇を押し当てられただけだったが、ビアンカは胸がキュンとなった。

恋している自覚はあった。だが、そのとき初めて彼を愛していると気づいた。

彼の母親に何があったのか判らない。けれども、彼を悲しませるものから守ってあげたいと思った。彼が望むなら、今すぐ結婚して、彼の子供を産んでもいい。

オーウェンは優しく微笑みかけてくる。

「前から言おうと思っていた。でも、今日言うよ。愛しているよ……ビアンカ」

ビアンカは彼の目を見つめた。

彼がわたしを愛してくれている……！

胸いっぱいに喜びが広がる。こんなに幸せだと思ったのは初めてだった。

「わ、わたしも……愛してる」

愛を感じたばかりだったのに、ビアンカは躊躇いながらもそう告げた。彼に自分が感じたものを判ってもらいたかったからだ。

二人は目を見つめ合う。彼の腕に抱かれて、またキスをされたい。そう思いつつも、自分からはとてもそうしてほしいとは言えなかった。

ただ、彼を見つめるだけしかできなくて……。

「君はもうすぐ誕生日だろう？　十八歳になる日に、お父さんに挨拶しにいくよ。それから正式に婚約だ」

「ああ、オーウェン……」

「二人だけの約束だよ。僕と結婚するって」

「約束するわ！」

ビアンカは彼の言葉を信じた。

それからも二人は何度も会った。舞踏会で会うときもあり、オーウェンが家を訪問するときもあった。外に出かけるときは、二人きりにならないように必ず付き添いの女性がついてきたが、それでも彼の顔を見られるだけで幸せだった。

しかし、その幸せも長くは続かなかった。

ある日、ビアンカは父親に書斎に呼ばれた。

父は母が亡くなってから、近寄りがたい人になっていた。だが、数ヵ月前に突然、ビアンカを社交界にデビューさせると言うと、一家をロンドンに連れてきたのだった。

今もあまり話したりすることはないが、父親に対する敬意は持っている。ビアンカが綺麗なドレスを着て、楽しい毎日を過ごしているのも父のおかげだったからだ。

父はソファに座ったビアンカに、厳《おごそ》かに告げた。

「おまえの結婚相手が決まったよ。ベネディクト・サンダースだ」

「えっ……！」

ベネディクト・サンダースはアメリカからやってきた大富豪の名だ。ビアンカも前にダンスを申し込まれ、彼と踊ったことがある。しかし、彼は父より年上だ。はっきり言って、老人なのだ。

もちろん初婚ではあり得ない。彼の子供達も恐らくビアンカより年上だろう。

「そんな……。お父様、あんな年寄りと結婚させる気なの？　それに……わたしにはオーウェンがいるわ。わたし、オーウェンと結婚するんだから！　オーウェンもわたしと結婚したいって……」

オーウェンはなんといっても侯爵の長男で、いずれ侯爵となる身だ。社交界中の娘がオーウェンを射止めたいと思っているのは、誰もが知っている。それだけ人気のある男性が自分と結婚したいと言っているのだ。父だって喜ぶはずだと思った。

だが、父は断固とした表情で首を横に振った。

「ダメだ。ブラックモア侯爵は残念ながらあまり裕福ではない。侯爵の息子である彼も同じだろうし、多額の持参金つきの花嫁しか歓迎されることはない。私としてはそんな男とおまえを結婚させるわけにはいかないんだ」

ビアンカはオーウェンが裕福そうに見えていたが、そうではないと知って驚いた。しかし、彼が裕福であろうがなかろうが、ビアンカにとってはどうでもいいことだった。

「お願い、お父様。わたしはオーウェンじゃないと嫌なの。彼と結婚したいのよ！」

「それはできないな。実は……」

父が語り始めたことに、ビアンカは愕然《がくぜん》とした。

父は破産寸前で、多額の借金を抱えていたのだ。それなりに裕福に暮らしていると思っていたが、そう見えていたのは借金をしていたからで、ビアンカの社交界デビューのために揃《そろ》えたドレスなどの費用も、そのお金から出ていたという。

「土地もずいぶん売ってしまった。このロンドンの屋敷も実はもう他人のものなんだ」

「嘘よ……。お父様、わたし達はどうなるの？」

生まれてからずっと何不自由ない生活をしてきた。貧しい暮らしなど想像もできずに、ビアンカは不安にかられて涙を零《こぼ》した。

「心配するな。おまえがサンダースと結婚すれば、すべて上手《うま》くいく。サンダースは結婚式が済めばすぐに我が家に援助すると約束してくれた」

ビアンカは先ほどより更に愕然とする羽目になった。

お父様はわたしを売ろうとしている……！

父はビアンカに、大富豪の老人の花嫁になって、家族の犠牲になれと言っているのだ。社交界デビューはそのためのものだったのだ。最初から誰かにビアンカを売ろうと計画していたのだろう。

「おまえが結婚してくれれば、家族のみんなが助かる。サンダースが払ってくれる金がなければ、みんなが貧しく不幸になるんだ。もちろん、おまえもそんなドレスを着ていられなくなるぞ。それに……トレヴァーの子供達はどうなるんだ？　路頭に迷わせる気か？」

ビアンカはオーウェンと結婚さえできれば、どんなつらい暮らしであろうと平気だった。

でも……愛さえあれば、他には何もいらない。

父の話だと、本当に路頭に迷うくらいに借金があるのだろう。子供達をそんな目には遭《あ》わせられない。

兄夫婦には可愛い子供が三人もいる。

結局、ビアンカは父の提案に屈した。すると、すぐにサンダースがやってきて、ビアンカの薬指に大きなダイヤの指輪をはめた。

婚約が公になる前に、オーウェンに本当のことを告げなくてはならない。そう思ったが、その前に新聞に婚約記事が載せられた。それを知らずにいたビアンカは自分の部屋で泣きながらオーウェンへ別れの手紙を書いていた。

しばらくして、手紙を届けてもらおうと階段を下りたときに、怒ったオーウェンが訪ねてきていたことを父に聞かされた。

「あまり怒るから、この結婚はおまえの望みだと言っておいたよ。金のない男とは結婚しないとね」

ビアンカは呆然《ぼうぜん》とした。なんてひどい言葉だろう。彼の心を傷つける権利が父にあるだろうか。それに、そんなふうに思われて別れるなんて、ビアンカには耐えがたかった。

オーウェンが母親に見捨てられたとつらそうな顔をしていたところが頭に浮かぶ。これ以上、彼を傷つけたくない。彼と結婚できないのはどうしようもないが、せめて本当の理由を告げたかった。

家族のために、他に方法がないのだと……。

夜になって、隙《すき》を見て家を脱け出し、ビアンカは侯爵家の屋敷に向かった。

そこでは、たくさんの男女がいて、パーティーが行われていた。普通とは違い、乱れた雰囲気が漂うパーティーだった。そこでオーウェンは酒を飲み、派手な身なりの美しい女性と戯《たわむ》れていた。

それを見たビアンカは凍りついたように何も言えなくなる。

彼はわたしが知っていたオーウェンじゃないわ……。この人は誰なの？

オーウェンはビアンカを一瞥《いちべつ》すると、吐き捨てるように言った。

「金目当ての女は愛人だけで充分だ」

彼はその美女に淫《みだ》らなキスをした。

この人は……オーウェンの愛人だったのね……。

ビアンカは吐き気がしてきた。彼のために心を痛め、涙を流し、夜に家を脱け出してきたのに、すべて無意味だった。

彼はビアンカに愛を告げた。結婚したいと言った。しかし、その裏で、愛人と交際していた。

わたしは愛されてなんていなかった。みんな、嘘だったんだわ！

ビアンカの頬には涙が零れ落ちていった。彼の心を傷つけたと思っていたのに、傷ついたのは自分だった。もう二度と男性など信じられない。

泣きながら屋敷を出て、自分の家に戻った。

家族のために恋人と別れて、老人と結婚するのもつらいのに、もっとつらいことがあったのだ。しばらく泣き暮らしていたが、容赦なく嫁入りの支度は進み、式の日は近づいてくる。

やがて結婚式当日がやってきた。ビアンカは葬式にでも行くような顔色で、純白の豪華なウェディングドレスを身につけた。

だが、教会に着いたときに花婿はすでにいなかった。サンダースが教会で倒れてしまったからだ。ほどなく彼の訃報《ふほう》が届いた。結婚する前にサンダースが亡くなったことで、ビアンカは生け贄《いにえ》にならずに済んだが、その代わり、父は破産の危機に陥った。

屋敷には借金取りが押し寄せ、一家は父の領地に戻った。しかし、もう体面を保つだけの金も存在しなかった。父は失意のあまり馬を駆り、落馬して亡くなった。ひょっとしたら自殺だったかもしれないが、それは誰にも判らないことだ。

トレヴァーは薄々、借金のことは気づいていたのだが、ビアンカの結婚相手が決まるまで、そこまで大変なことになっているとは知らなかったらしい。父の死後、爵位を継いだものの、所有していた大半の土地を失い、なおかつ借金が残された。

トレヴァーは懸命に家族を守るために残された領地の経営をしていた。けれども、路頭に迷うほどの窮乏生活ではない。結局、父はビアンカを無理やり結婚させるために、大げさに話したのだろう。

父の喪が明けた一年後、ビアンカは独り立ちをすることに決めた。トレヴァーはそこまでしなくていいと言ってくれたが、一人でも食《く》い扶持《ぶち》が減れば、彼らが楽になる。

それに、屋敷にいると、結婚を勧められるのが嫌だった。

「金持ちとじゃなくていいんだ。この田舎にもおまえと結婚したい男はいる。普通に結婚をして、幸せになってくれ」

トレヴァーはそう言ってくれたが、ビアンカは男性のことがもう信じられなかった。オーウェンに裏切られた心の傷はまだ生々しく残っている。結婚するより働いて、一人で生きていくほうがずっといい。

ビアンカは住み込みの家庭教師の職を得た。そして、その半年後、ドナの付き添いをするようになったのだ。

いつの間にか、オーウェンと別れてから三年が経っていた。

まさか、ドナの家で彼と再会するなんて……。

ビアンカは馬車に揺られながら、過ぎ去った恋のことを心の痛みと共に思い出していた。

この三年の間、オーウェンは何をしていたのだろう。今の彼は以前よりずっと裕福そうに見えた。この馬車は新しいもので、座席のスプリングが利いている。高価なものだろうと想像できた。

ただ、裕福そうに見えても、家計は火の車ということもある。ビアンカの父がまさにそうだった。お金を借りられるだけ借り、見栄《みえ》を張れるだけ張っていた。

サンダースとの結婚が決められたあの日、ビアンカの人生は変わった。いや、その前から変わっていたのだ。それをビアンカが知らなかっただけだ。

過去は変えられない。

父が借金を重ねたことも、ビアンカを売ろうとしたことも。オーウェンと出会い、恋をして、破局を迎えたことも。

もう何もかも戻らない。

なのに、今、どうしてオーウェンとこうして再会しなければならなかったのだろう。

ビアンカは通り過ぎる風景に目を向けながら、そう思った。

「僕を無視するな。こっちを見ろ」

苛立《いらだ》った声でぴしゃりと言われて、ビアンカはビクッとして彼のほうを見た。

目が合うと、彼は銀色の瞳をじっとこちらに向けてくる。ビアンカの頬が赤くなったところで、彼は嘲るような薄笑いを浮かべた。

「君がここまで落ちぶれるとは思わなかったな。宝石泥棒とは……」

「わたしは盗んでません！」

いくら言っても信じてもらえないことは判っていた。しかし、濡《ぬ》れ衣《ぎぬ》を着せられたままではいられなかったのだ。

「君は嘘つきだからな。信用なんてできない」

彼は皮肉たっぷりに言った。三年前に恋した彼とはまったく違う。まるで別人になったようだ。

彼を守ってあげたいなんて……。

あの頃、そんなことを考えていたなんて、あまりにも愚かだった。母親の話も嘘だったのかもしれない。

そうよ。彼だって、愛人のことを隠していたくせに……。

だが、ビアンカが彼よりサンダースとの結婚を選んだのは事実だ。彼はプライドが傷つけられていて、今、仕返しをしたいのだろう。そうとしか思えなかった。

わたしは彼に愛されていたわけではなかったんだもの。

彼は銀色の瞳でビアンカを見据える。

「これから君は僕の屋敷で働くんだ。僕は君のご主人様になるんだから、言葉遣いには気をつけるべきだな」

ビアンカは大きく瞳を見開いた。

彼はわたしを自分の使用人にするつもりだったんだわ……！

こんな屈辱があるだろうか。かつては恋人同士で、結婚まで考えていた仲だった。そんな相手を使用人として働かせようなんて、彼はとても恐ろしいことを考えている。

お仕置きとは、こういうことだったのだ。彼の態度からするに、普通に働かせるだけとは思えない。というより、彼は自分にどんな仕事をさせる気なのだろう。

今までビアンカは家庭教師と付き添いの仕事しかしてこなかった。だが、オーウェンが結婚をしたという噂は聞かないし、当然、子供はいない。彼の母の話が本当なら、屋敷にいないだろうし、もし祖母がいたとしても、付き添い役はすでにいるだろう。

彼がなんの仕事をしろと言い出すのか怖かった。生きていくためには、どんな仕事でもしなくてはならないが、彼のような恐ろしい暴君の主人に雇われたくなかった。彼は普通の主人ではない。ビアンカを憎んでいるようだし、何より宝石泥棒だと信じているのだ。

ああ、わたしはどうなるの？

このまま馬車から降りて、逃げ出してしまいたい。だが、そんなことができないのも判っていた。行く先などない。兄のところには帰れなかったし、このまま逃げても路頭に迷うだけだ。

だけど、彼の屋敷で働いて……それからどうなるの？　一生、彼の許で働くなんて嫌よ。

信じられない……。こんな人を好きだったなんて。

そう思いつつも、ビアンカはまだ彼に心を揺さぶられていた。あの日、傷つけられて以来、もう彼を愛する心を失《な》くしていたと思っていたのに、こうして顔を見ていると、まだ恋して幸せだったあの日々のことを思い出してしまう。

彼はわたしを騙していたのに……。

しかも、これから彼はビアンカを使用人にして、いたぶろうとしている。優しかった彼など、最初からいなかった。あれは幻想で、自分は幻想に恋をしていただけなのだ。

ビアンカの頬に涙が流れた。

オーウェンはビアンカの涙を見つめた後、視線を逸らした。

「いい使用人でいれば、君がやめるときには紹介状を書いてやろう」

その言葉がビアンカの胸に鈍い痛みを引き起こした。

ああ、神様。こんなつらい目に遭うなんて、わたしがどんな悪いことをしたというの？

かつての恋人との再会は、ビアンカにとって最悪の出来事になりそうだった。

やがて馬車が停《と》まる。オーウェンのロンドンでの屋敷は白亜の大きな建物だった。

彼は侯爵となったので、領地を持ち、そこには宮殿のような屋敷があるらしいが、ロンドンではそれより敷地《しきち》は狭く、建物自体も小さいらしい。しかし、そうはいっても、さすが侯爵の屋敷と言えるような趣《おもむき》のある豪奢《ごうしゃ》なものだった。庭も広く、もちろんきちんと手入れされてあり、花々が咲いているのが見える。

だが、どんなに美しくても、ビアンカには関係なかった。これからここでオーウェンに働かされることに変わりはない。

この屋敷にはいろんな思い出がある。

ここに連れてきてもらって、庭で愛の告白をされ、キスもされた。そして、誤解を解きたくて、ここに駆けつけ、彼に愛人がいたことを知った。

もう二度と足を踏み入れることはないと思っていたのに……。

この屋敷で働くなんて、あのとき想像もしていなかった。ビアンカは逃げたくなる気持ちを必死で抑えて、トランクを持ち、馬車から降りた。

玄関の扉まで、白い石の階段を上らなくてはならない。オーウェンは先に歩いていき、扉の前で振り返った。ビアンカもなんとか震える脚を動かし、扉の前に立つ。

扉を開けて、主人を迎え入れた執事はビアンカを見て、わずかに眉をひそめた。もしかしたら、ビアンカの顔を覚えているのかもしれない。

オーウェンは執事のほうに向けてビアンカの背中を押した。

「新しいメイドだ。今日から雇うことにした」

「……メイド、ですか？　失礼ながら旦那《だんな》様、この方は……」

「ビアンカだ。ビアンカ・アンブローズ。ハウスメイドの一人に加える」

ハウスメイド……。

こういった大きな屋敷で働くメイドには、台所で働くメイドや洗濯をするメイドなどいろいろいる。ハウスメイドは掃除やベッドメイク、火おこしなど、様々な雑用をするメイドだ。もちろんビアンカは今まで一度もそんな仕事をしたことがない。

嘘だと思いたい。しかし、本気に違いない。きっと彼はそんな仕打ちをするのを楽しんでいるのだ。

「しっかり働くんだな」

声も出せずに立ち尽くすビアンカを一瞬見つめると、彼はそのまま二階に上がっていった。執事が気の毒そうにビアンカを見たが、同情めいたことは何も言わなかった。

「家政婦を紹介しよう。こちらへ……」

「はい……」

声が震える。ここで掃除をする自分を想像すると、惨めでたまらない。

嫌だけど……仕方ないんだわ。

生きていくためには我慢しなくてはならないことがある。それは、子爵令嬢であろうが、貧民街で生まれようが同じなのだ。

家政婦もビアンカを覚えているようで、驚いた表情になったが、執事と顔を見合わせて、溜め息をついた。

「旦那様がそうおっしゃるのなら仕方ないわね。じゃあ、まず部屋に案内しましょう。荷物を置いて……それから制服を着なくては」

案内された部屋は小さな窓がひとつだけある屋根裏だった。当然、一人部屋などではない。小さな部屋に二つベッドがあり、絨毯もなく殺風景だった。小さな戸棚や古い洗面台があるだけだ。

「これでもこのお屋敷は待遇がいいほうなのよ。ひどいところは、このくらいの部屋に、何人ものメイドが暮らしているんだから」

家庭教師や付き添い役というのは、同じ雇われ人であってもメイドとは違う待遇だったから、メイドがこんな暮らしをしていることを初めて知った。

ビアンカはシーツと毛布、そして制服を受け取った。今までは制服など着なくてもよかったし、それどころかある程度の品位を保てる格好をしなくてはならなかった。

それが今は……。

ビアンカはプライドが傷つくのを感じたが、黙って着替えた。

制服は黒いドレスで、襟と袖口《そでぐち》が白い。白いエプロンをつけ、白いリボンがついたレースのキャップをかぶる。鏡もないので、自分がどんな格好になったのかは判らない。

とにかく、ここで働こう。しばらく頑張って働けば、オーウェンもきっと認めてくれるだろう。

でも、本当に……？　彼が約束を破って、紹介状を書いてくれなかったら？

ビアンカは不安を抱えながら、持ってきた荷物を片づけ、屋根裏部屋から階段を下りていく。もちろん使用人は裏階段を使わなくてはならない。家政婦のところに行くと、書斎へ行くように言われた。

「旦那様が話をしたいとおっしゃっているわ。なるべく早くね」

「はい……」

書斎なんて行きたくない。オーウェンにも会いたくない。話もしたくなかった。

しかし、ビアンカが使用人である以上、雇い主の彼の命令には従わなくてはならない。まして、早く行けと言われているのに、グズグズしているわけにはいかなかった。

書斎の扉を叩《たた》くと、彼の入室を許可する声が聞こえてくる。

「失礼します」

ビアンカは目を伏せながら部屋に入った。

室内には作りつけの書棚が天井まであり、たくさんの分厚い本が入っている。暖炉の周りにはソファや椅子、テーブルが置いてあって、本を片手に何時間でもここにいられそうな気がした。もちろんそんなことができるような立場ではなかったが。

大きな明るい窓の前には大きな机があり、オーウェンはそこに着き、書類に何か書いていた。目を上げ、ビアンカを見ると、口元に冷たい笑みを漂わせた。

「そこに座るといい」

机の前に背もたれのある椅子が置いてある。ビアンカは黙って、そこに腰かけた。彼はペンを置き、書類をめくって目を通す。

彼はなんの仕事をしているのだろう。領地経営に関することだろうか。最近の貴族はそれだけではやっていけなくなっていると聞いたから、事業にも手を出しているのかもしれない。

彼はやはり今も優雅な暮らしをしているようにしか見えない。ただ、オーウェンはビアンカの父のように借金漬けで生活するような人間ではないような気がした。彼の父親のことは判らないが、彼が裕福そうな生活をしているなら、今はきっとそれだけの財力があるに違いない。

彼は納得したように書類を机に置いた。そして、再びビアンカに目をやると、いきなり侮辱するような言葉を投げかけてくる。

「その格好、意外と似合うじゃないか。君が子爵令嬢だなんて、もう誰も想像できないだろうな」

ビアンカは頬を引《ひ》き攣《つ》らせたが、黙っていた。すると、彼はムッとしたように鋭い目つきで睨《にら》んできた。

「黙っているのは無礼だ。何か受け答えをするんだ」

「はい……判りました、侯爵様」

ビアンカは目の前の人物をオーウェンだとは思わないことにした。彼はまったく見知らぬ男性で、今日会ったばかりだ。そして、その相手に雇われることになり、メイドとして働くことになったのだ。

付き添い役からメイドになっただけでも屈辱的なことだが、相手をオーウェンと思わなければ、まだ耐えられる。

「『侯爵様』か……。悪くないな、そういう呼び方は」

彼は立ち上がると、机の周りを回ってきて、ビアンカを見下ろした。値踏みされているようで、なんだか居心地が悪い。

「君はずいぶん変わった。惨めな暮らしをしているだろうに、不思議とあの頃よりずっと美しくなった」

急に褒められて、ビアンカは頬を赤らめた。

「そんな……」

「謙遜しなくてもいい。それくらいのことは自分で判るだろう？　周りの男は君を放っておかなかっただろうし、きっと君はあれからいろんな経験をしたはずだ」

何か含みのある言葉で、ビアンカはその意味がよく判らなかったが、とりあえず頷いた。黙っていれば、また叱られるからだ。

「はい……」

家庭教師として働いていたときに、家の主人からじろじろ見られたり、何かと手を握られたり、やたらとベタベタされたことを思い出す。そのくらいなら我慢もできたが、襲われかけたときには怖かった。

家を出て、働き始めてから男女の間になされる行為のことを知ったが、それはもちろん結婚する相手と初夜で行うことなのだ。既婚者と、まして雇い主とそんなことを絶対にしてはならない。

思えば、あの家で危険なのは主人だけではなかった。他にも男性使用人からちょっかいをかけられそうになって、何度も逃げ出したのだ。幸いドナの家では、決してそういうことはなかったが。

そういえば、ここではどうなのだろう。メイドとして働くのは初めてなので、どんな危険が待ち受けているのかと思うと、怖くてならなかった。ビアンカ自身は結婚しないつもりだったが、だからといって、やはり夫でもない男性とそんなことをするべきではないし、したいとも思わなかった。

ビアンカが過去のことを思い出していると、オーウェンが満足したように言った。

「そうだろうと思ったよ。いや、だからこそ、君は昔とは違う種類の美しさを得られたのかもしれないな」

話がよく理解できない。ビアンカは首をかしげた。

「どういう意味でしょうか?」

「判らないふりをしなくていいさ。僕にとっては、都合がいい。君にとってもそうだろう?」

ビアンカは困惑した。本当に何を言われているのか判らないのだ。

「あの……わたしは……」

彼はビアンカの手を取ると、立ち上がらせた。彼が近くにいることを意識して、思わずドキッとする。

「君をメイドにしたのは意地悪だったかな。君が承知すれば、もっと違う仕事を提供してもいいと思っている」

「違う仕事……。それはどういった……?」

「つまり、こういうことだ」

彼はいきなりビアンカをぐいと引き寄せた。驚いたビアンカはそのまま抱き寄せられ、唇を重ねられる。

三年ぶりのキス……。

ビアンカはたちまち過去に戻った気がした。キスされそうになったことは何度もあったが、そのたびになんとか逃げてきた。今の彼の行動は素早かったものの、本気で抵抗しようとすれば、できたはずだった。

逃げられなかったのは、相手がオーウェンだから……？

わたしの心のどこかに、やはりまだ彼に恋している部分が残っていたからだろうか。そして、彼の心にもわたしに惹《ひ》かれている部分があって……。

そんな夢を見たのは、一瞬だけだった。キスといっても、昔は唇を重ねるだけの優しいキスだった。というより、ビアンカはそういうものがキスだと今まで思っていたのだ。

しかし、今のオーウェンは口の中に舌を入れてきて、ビアンカの唇を貪《むさぼ》るようにキスをしてくる。

ビアンカは呆然としていた。

何……？　これがキス？　こういうものがキスというの？

一方的に蹂躙《じゅうりん》されている気がする。だが、そんなやり方に呆然としながらも、同時にビアンカは陶然としていた。

だって、彼に愛されているように思えたから……。

身体の芯《しん》に急に火がついたようになってくる。

オーウェン……。

ビアンカははっと気がついた。彼の冷たい言葉や嘲りの表情が頭に浮かび、このキスに愛などないことを思い出す。

ビアンカは彼の胸を手で押し、なんとか逃《のが》れた。

「やめて！」

悲鳴のような声を上げたのだが、オーウェンは余裕の表情でニヤリと笑った。

「君はもうあのときの令嬢じゃない。お互い判っていることだろう？」

「な、何を言っているの？　はっきり言って！」

思わせぶりな言葉の数々は意味不明だった。きっと彼はビアンカには判らない何かについて語っているのだ。だから、判るように説明してもらいたかった。

「それなら言おう。ビアンカ、君を僕の愛人にしてやろう」

思いもかけないことを言われて、ビアンカは大きく目を見開いた。

甘い夢なんて見ている場合ではなかったのだ。

なんてひどいの……！

昔の恋人に、愛人になるように言われるなんて……。

「あ、愛人なら……あなたにはすでにいるでしょう？」

「三年前のことを言っているのか？　彼女はもうとっくに結婚している。今は誰もいない。だから、君は僕の愛人になれるんだ」

「なりたくなんかないわ……」

彼は顔をしかめた。

「僕はちゃんとドナから聞いたんだ。君はドナの付き添いをする前に、家庭教師をしていたそうじゃないか。そこの主人を誘惑して、女主人に追い出されたんだと……」

「違うわ！」

ビアンカの頬は赤く染まった。

彼がさっきから意味ありげに言っていたことは、そういった経験のことだったのだ。とんだ誤解なのだが、彼に雇い主を平気で誘惑するような人間だと思われていたことにショックを受けた。

宝石を盗んだと思われているだけでも耐えられないというのに……。

これではっきり判った。オーウェンは昔のオーウェンとはまったく違う。いや、少なくとも、ビアンカが思っていたオーウェンとは別人だ。

あんなに優しくて、わたしのことを愛してると囁いてくれたのに。

いや、あれも彼の演技だった。本当の彼はこんな人間だ。雇い主を誘惑するような女だから、愛人になるのを簡単に同意すると思っていたのだ。

ビアンカは彼から離れようと、後ろに下がった。

「ご主人を誘惑していると奥様に誤解されて追い出されたから、紹介状を持っていないとドナに言ったのよ。ドナは信じてくれたわ」

「だが、宝石を盗んだことで、ドナはもう君を信じていない」

「そんな……！」

ビアンカは真っ青になった。本当の祖母のように慕っていたドナに、人間性まで疑われたことがつらかった。

「彼女は、宝石を盗むのなら人の夫も盗むかもしれないと言っていた」

その言葉はビアンカの胸を刺し貫いた。涙が目に滲《にじ》む。今まで、悲しいことや苦しいこと、つらいことがたくさんあった。けれども、今の一言はひどく堪《こた》えた。

自分では一生懸命、ドナに尽くしてきたつもりだったのに……。

わたしのどこがいけなかったの？

「何も言うことはないのか？」

ビアンカは悲しみを目にたたえ、ただ黙って首を横に振った。

傷つきすぎて、自分が正しいと主張することもできなかった。そう言ったところで、彼が信じないことが判っていたからかもしれない。

オーウェンはふんと鼻で笑った。

「君がその大きな瞳に涙を溜めると、騙されてしまいそうになる。だが、僕はそう簡単には騙されない」

「わたしは騙してなんか……」

「君は僕の母に似ている。顔じゃなく、心根がそうなんだ。母のように僕を裏切り、平気で嘘をつく」

ビアンカははっと目を見開いた。

彼の母親の話は嘘ではなかったんだわ……。

それでは、あのとき愛していると囁いたのも、まるっきり嘘ではなかったのだろうか。あのとき、彼の中に愛はあったのか。

彼には愛人がいた。しかし、もしかしたら結婚前に手を切ろうとしていたのかもしれない。もちろん、今となっては、どちらにしても同じことだが。

ただ、彼の母親の話が本当だとしたら……。

ビアンカの心が騒いだ。彼を愛していた頃の自分に戻っていく。

わたしは彼に傷つけられたけれど、彼はわたしが思っていたより、本当は傷ついていたのかもしれないわ。

そう思うと、彼を慰めたくなってくる。自分は本当にあのとき彼を愛していたのだと言いたくなってきた。

いや、そう言ったところで、彼は信じない。それに、彼はビアンカに慰められたいとは思っていないだろう。彼が求めているものは別のものなのだ。ただし、それを与えるわけにはいかない。

もちろんよ……。できるわけがないわ。

オーウェンは手を伸ばして、ビアンカの頬に触れる。彼の指先が妙に熱く感じられて、身体が火照ってくる。

もし、彼がわたしを愛してくれるなら……。

いいえ、そんなことを考えるのはやめるのよ。

現実は違う。彼はビアンカを愛していない。それでも、ひょっとしたら、あのときの彼の心がどこかに残っているのではないかと探してしまう。

オーウェンは厳かに言った。

「いつか君はメイドより愛人のほうがいいと思うようになるに決まっている」

「……いいえ」

ビアンカはそのことだけは否定しなくてはと思った。

愛人よりメイドがいい。メイドにさせられたことで、自分の尊厳を失った気がしたが、そうではなかった。愛人になったりすれば、よほど尊厳を失うことになる。

どんなに貧しくなったとしても、誇りだけは失わない。

そう。たとえ、どんなに傷つけられたとしても。

わたしは彼が納得するまで、メイドとして働いてみせるわ。

ビアンカは顔を上げた。まばたきをすると、涙が頬に流れたが、それを拭《ぬぐ》ったりせずに、その顔を彼に向ける。

「お話はこれだけですか？　侯爵様」

胸の中は嵐《あらし》のように荒れていたが、冷静な声が出せた。ビアンカは内心ほっとした。

「……ああ。とりあえずはな」

オーウェンはビアンカのことを信じていない。彼が言ったように、いずれビアンカのほうから愛人にしてほしいと擦り寄ってくるに違いないと思っているのだ。

でも、それは違う……。

彼は冷ややかな顔で、ビアンカを見た。

「もう行っていい。後のことは家政婦に尋ねるように」

「はい、侯爵様」

ビアンカは彼に頭を下げて、書斎を出た。静かに扉を閉めると、素早く頬の涙を拭い、ほっと息を吐く。どんなにつらい生活が待っていたとしても、愛人になるよりはずっとましなのだと思うと、少し楽になれた。

家政婦のところへ行くと、ビアンカがする仕事の説明を受けた。そして、ブーツを磨く仕事を言いつけられる。

ビアンカの仕事は清掃や雑用ばかりらしい。とはいえ、この屋敷には今のところオーウェン一人しかいないので、舞踏会やパーティーなど社交界的な催《もよお》しが開かれなければ、清掃が重要な仕事になってくるのは仕方ない。客が来ることもあるらしいが、基本的には食事は一人分、洗濯も一人分だからだ。

メイドとして働くのは初めてだったが、次々と仕事をさせられ、日が暮れる頃にはすっかり疲れていた。家政婦はオーウェンから、ビアンカを忙しく働かせるように指示を受けているのだろうか。そんなふうについ邪推してしまう。

それとも、これが普通のメイドの生活というものなのかしら。

夕食は使用人のホールで摂《と》った。家庭教師だったときは子供部屋で子供達と食事をしたし、付き添いをしていたときには、食堂でドナと摂った。だから、使用人のホールで、他の使用人と一緒に食べるのは初めてだった。

ビアンカがかつて子爵令嬢で、オーウェンの恋人であったことを知るのは、執事と家政婦しかいないようだった。ただ、ビアンカの話し方や言葉遣いなどで、すぐに没落令嬢であることは知られてしまった。ビアンカが話すたびに笑うメイドもいたが、同室のネルは優しかった。それだけでも心が救われる。これ以上、つらい目には遭いたくない。

夕食が終わった後も、戸締まりやら何やらの仕事があり、屋根裏の部屋に戻ったときには、脚が痛んでいた。

こんなに動き回ったのは初めてかもしれない。だが、明日も朝早くから仕事がある。ナイトドレスに着替え、ベッドに潜り込むと、すぐに目を閉じる。きっと眠りが自分を癒やしてくれると信じるしかなかった。

三年前、ビアンカはこの屋敷の女主人になることを夢見ていた。

それが屋根裏で寝ることになるなんて……。

昔のオーウェンの顔が頭に浮かぶ。胸の中に封印していた愛が甦《よみがえ》ってきそうになり、必死で抑える。

あれは幻《まぼろし》だったんだから……。

ビアンカはそう思いながらも、いつの間にかオーウェンの夢を見ていた。

# 第二章　欲望の生《い》け贄《にえ》

オーウェンは書斎で仕事をしながら、とても不機嫌だった。

ビアンカを連れてきて、もう一ヵ月にもなる。すぐにでも音《ね》を上げると思っていたのに、彼女はそんな素振りも見せない。それどころか、オーウェンの顔すら見ずに、微妙に視線を避けている。

そして、その仕事ぶりは真面目そのものだった。メイドなんてやれるわけがないと思っていた家政婦も舌を巻いていた。一言も文句を言わずに、黙々と仕事をするのだ。

僕は彼女を信じるべきなのか……？

いや、そうではない。やはり、彼女は演技をしているだけだ。今はメイドの演技をして、自分を騙《だま》そうとしている。それだけだ。

オーウェンはいつしか領地の差配人に手紙を書く手を止めて、三年前の彼女を思い出していた。

あのときの彼女は野に咲く可憐《かれん》な花のようだった。彼女に大きな瞳《ひとみ》でじっと見つめられていると、自分が誰よりも頼りにされていると思い、心が温かくなってきた。

社交界にはたくさんの女性がいて、特に結婚相手を探している若い娘達はしなを作って、笑い声さえも不自然だった。しかし、ビアンカは違う。純粋で、無邪気で、彼女が笑うと、周囲がぱっと明るくなるような気がした。そこにはなんの作為もないように思えた。

もっとも、それは間違いだとすぐに判《わか》ったが。彼女はとても素晴らしい演技力の持ち主だった。すっかり騙され、唇を合わせるだけのキスしかしなかった。本当は欲しくてたまらなかったけれども、結婚前にそれ以上のことをするなんて、考えられなかった。

愛していると思い、そう告白した。彼女も頬《ほお》を染めながら、自分も愛していると口にした。二人だけで結婚の約束をして、自分は彼女を一生幸せにすると決めていた。

そのことを父に告げると、父は冷ややかに言った。

「ちゃんと相手を調査したのか？」

オーウェンは結婚相手を調査しようと考えたこともなかった。今なら、確かに必要だと思うが、当時は愛する人への裏切りのように思えた。

しかし、父はすでにビアンカの調査を済ませていた。

「あの娘の父親には多額の借金がある。娘も贅沢《ぜいたく》好きで浪費家のようだな。あのドレスには金がかかっているぞ。ああいう娘は金目当てだ。もっと金持ちの相手を見つけたら、すぐに気が変わるに違いない」

父にビアンカを侮辱されたことが悔しかった。父はそれまでもオーウェンが女性と仲良くなると、いつも横槍《よこやり》を入れてきた。母が金目当てで父と結婚したために、父はすっかり偏屈な性格になり、女性がみんな金目当てに見えるらしい。

父は支配的で、オーウェンが子供の頃から厳しかった。すべては母のせいだ。母が父を捨てて、一人で遊び暮らすようになったせいだ。

もっとも、乳母だけが母を庇《かば》っていた。

『お母様はそんな人ではないんですよ』と。

その乳母は父に解雇された。代わりにやってきたのは、厳しい家庭教師だった。あまりのつらさに、母に会いたいと思ったときもあったが、居場所が判らなかった。結局、母のほうはオーウェンに会いたいとは思っていなかったのだろう。すなわち、父の言うとおりの女だったというわけだ。

そのうちに早い時期に寄宿学校に放り込まれることになった。だが、オーウェンにとってはそのほうがよかった。そこで友人がたくさんでき、尊敬できる教師に出会い、父が不当に厳しすぎたことが判ったからだ。

そして、友人の家に招かれ、家族の間には愛情や優しさがあることも判った。

だから、オーウェンは『女は敵だ』と考える父の言いなりだったわけではない。ただ、その女性達とは結婚したいとまでは考えていなかっただけだ。だが、これまでの女性とビアンカは別だ。真剣に結婚を考えている相手なのだ。

「父さんは間違ってる。ビアンカは金目当てなんかじゃない！」

そう反発したオーウェンだったが、すぐに間違っていたのは自分のほうだったと知った。

子爵令嬢ビアンカ・アンブローズと、アメリカから来た大富豪サンダースの婚約記事を見たとき、自分の目が信じられなかった。あのビアンカではなく、別のビアンカのことではないかと、しばらく新聞を見つめていた。

サンダースは大富豪とはいえ、すでに老人だ。まして、侯爵家は裕福だ。もちろん爵位もいずれついてくる。オーウェンは自分の財産も持っていた。年齢や将来のことを考えると、ビアンカが自分よりサンダースを選ぶはずがない。

オーウェンはすぐにビアンカの家へ急いだ。彼女には会えなかった。会いたくないと言っているらしい。代わりに、彼女の父親と会った。

彼はすまなそうな顔で、オーウェンに謝ってきた。

「娘はサンダースの金に目が眩《くら》んだようだ。本当にすまない」

その言葉に愕然《がくぜん》として、力が抜けた。彼女は潔白だと思っていたのに、父の言うとおりだった。まさしく金目当てで自分と結婚の約束をし、もっと金持ちが現れたら、すぐにそれに飛びついたのだ。

あんな無邪気な顔をしていながら、他のどんな娘より性悪だった。

『愛してる』なんて頬を染めながら言ったが、まるっきり嘘《うそ》を言っていたのだ。きっとサンダースにも、同じように愛を囁《ささや》いたに違いない。

何もかも嘘だった。僕は騙されていた。オーウェンは怒り、傷ついた。

母は金目当ての冷酷な女だったが、ビアンカも母そっくりなのだ。きっと母のように夫も子供も見捨てるに違いない。自分は愚かにもそれを見抜けず、愛してしまっていたのだ。

オーウェンはビアンカを憎みながらも、まだ愛していた。だが、そんな愛などもう捨ててしまいたかった。

心の痛みに耐えかねて、昔の悪友や美女を屋敷《やしき》に呼び、パーティーを開いた。いくら酒を飲んでも、まったく酔えなかった。美女を腕に抱いても、何も楽しくない。

そんなとき、何故《なぜ》だかビアンカがやってきた。

彼女は大きな瞳に涙を溜《た》めて、言い訳をしようとしていた。一瞬、オーウェンは彼女を信じかけた。自分は間違っていて、彼女はやはり心優しき娘なのだ、と。

しかし、母のことが頭をよぎった。母も同じように目に涙を溜めて、守れない約束をした。オーウェンはその約束を信じていたのに、母は平気で裏切ったのだ。

ビアンカも母と同じだ。彼女を信じれば、自分が傷つく。

オーウェンはこれみよがしに美女を腕に抱いて、熱いキスをした。ビアンカがどんなに傷ついた顔をしても、もう信じようとは思わなかった。彼女には、ずっと愛人がいたような素振りをしたが、もちろんそんなことはない。

ビアンカは僕のすべてだったから……。

ただ、僕のその愛は無駄だった。

冷酷な言葉をかけると、ビアンカは帰っていった。そのことを後悔したことはない。あれから、オーウェンはもう二度と女性を信じないと誓った。だから、今も結婚はしていない。いずれするかもしれないが、今はそんな気にはなれない。

そんな自分が今更ビアンカのことを信じるわけがないのだ。彼女がどれだけ真面目にメイドの仕事をしようが、それは同じだ。

オーウェンはふっと笑った。

彼女と別れてから、父親の態度が我慢ならなくなって、この屋敷を出ていき、一人住まいのフラットに移った。そして、すでに持っていた財産を増やすために、投資をした。あの頃は自暴自棄だったのかもしれないが、大胆な投資は当たり、ちょっとした事業も始めた。今やオーウェンは以前よりずっと裕福になっている。

もし彼女が知れば、悔しがるかもしれない。結局、サンダースは彼女に富をもたらす前に命を落とした。彼女の父親もあの後、すぐに亡くなったらしい。遺産はなく、かなりの借金が残されたと聞く。思えば、それも父の言うとおりだった。

ビアンカは田舎《いなか》に帰り、オーウェンはその先の消息については知らなかった。てっきりどこか金持ちの後妻にでもなったに違いないと思っていたくらいだ。没落していて持参金がなくても、美しい子爵令嬢なら、妻にしたい成金《なりきん》の男はいくらでもいるはずだ。

そうだ。彼女はどうして働くようになったんだ……？

彼女は裕福になりたければ、結婚相手を探すだけでよかったはずだ。大富豪なら老人とでも結婚しようとしたのだ。金持ちであれば、誰でもよかったのではないだろうか。

何か結婚できない理由でもあったのか？

たとえば……彼女の兄も強欲で、欲をかきすぎて縁談が潰《つぶ》れたとか？

彼女は家庭教師として働き始め、その家の主人を誘惑した。ということは、彼女はすでにその頃には純潔ではなかったと思われる。縁談が潰れたのは、そういったことが相手に判ったからではないだろうか。

彼女の最初の相手は誰なのだろう。

そう思うと、胸の中が煮えくり返るほど腹が立った。

これは嫉妬《しっと》なのか。いや、嫉妬する理由はない。彼女がどんな男に抱かれようが、知ったことではない。

僕がビアンカだと思っていたのは、本来の彼女じゃなかったんだから。

そもそも、あのときの彼女が純潔だったかどうかも判らない。今でも彼女がそんなふうに見えてしまうときがあり、オーウェンは自分の見る目のなさを感じていた。

とはいえ、ビアンカは三年前よりずっと綺麗《きれい》になった。オーウェンは今も彼女が欲しかった。もちろん今度は愛しているからではない。彼女の身体《からだ》を抱きたいだけで、自分の心が弄《もてあそ》ばれたのと同じように、彼女の心を弄んでやりたいだけだ。

愛人にして捨てる……三年前に傷つけられたことを想《おも》うと、それくらいの仕返しは許されるだろう。それに、愛人にしている間はいい思いをさせてやるつもりだ。

彼女にふさわしい家を与えよう。そして、ドレスに宝石。贅沢をさせてやる。

だが、今もビアンカは真面目に働いている。てっきり、オーウェンにも言い寄ってくるものだとばかり思っていた。愛人にしてやると言ったのに、何故だか断ってきた。彼女は一体何を企《たくら》んでいるのだろう。もしかして、また結婚を狙《ねら》っているのだろうか。

今更、彼女を信じることは、もう絶対ないというのに。

オーウェンはこのところ苛々《いらいら》していた。自分は待たされすぎている。ほっそりした彼女を見かけるたびに、あの身体を抱き締めて、キスをしたくなってくる。

元々、本当は彼女にメイドをやらせる気ではなかったのだ。メイドにしたら、きっと泣きついてくると思っていたからだ。だいたい、子爵令嬢だった彼女をメイドの身に落とすなんて、あまりにも悪趣味だ。いくら人の夫や宝石を盗んだりするような人間であっても、もう少しましな仕事はあるだろう。

そう。何も彼女が手を荒れさせ、床を磨くような姿を見たいわけじゃなかった。

オーウェンは仕事が手につかず、両手でバンと机を叩《たた》き、立ち上がった。

向こうからやってこないなら、こちらから行って、決着をつけよう。相変わらず愛人よりメイドがいいなどと言うなら、紹介状を書いて、とっとと放り出してしまおう。このままでは、どうにも落ち着かない。

今の時間なら、オーウェンの寝室を掃除している頃だろう。家政婦にわざと彼女に寝室の掃除をさせるように指示をしたのだ。我ながら意地が悪いが、彼女の目の前にベッドをちらつかせてみたのだ。

もし、彼女と結婚していたなら、そこが二人のベッドだったからだ。

彼女が自《みずか》らの愚かさで失ったものがそこにあると、知らしめたかった。もっとも、彼女が金目当てなら、オーウェンは結婚せずに助かったのだ。母のように子供も夫も見捨てて、自分勝手に遊び回るような女とは、絶対に結婚したくないからだ。

オーウェンは書斎を出て、寝室に向かった。扉は開け放してあり、ビアンカがベッドにシーツを広げて、マットレスの下に折り込んでいる最中だった。オーウェンに見られていることも気づかず、腰を曲げて、熱心にベッドメイクをしていた。

しばらくして、彼女は元の姿勢に戻り、ふーっと溜め息をついた。どうやら終わったらしい。オーウェンはわざと音を立てて、扉を閉めた。

ビアンカはビクッとして、振り返る。オーウェンの姿を見て、慌てて視線を逸《そ》らした。

「まだお掃除が終わっていませんけど……」

「君に用があって来ただけだ」

オーウェンは、怯《おび》えるような仕草をする彼女に近づいた。


ビアンカはいきなりオーウェンが現れたので、動揺していた。

この一ヵ月ほど、ビアンカは真面目にきちんと働いた。最初こそ要領が悪くて、同じハウスメイドに迷惑をかけたり、家政婦に叱《しか》られたりもしたが、今はそんなことはない。誰にも文句を言われないように頑張ったから、家政婦も優しく接してくれるようになったのだ。ハウスメイド達にもちゃんと認めてもらえるようになったと思う。

だから、オーウェンにも早く認めてもらいたいのだが……。

だが、もうここで働かなくていいと言われたら、出ていくことになる。出ていったら、二度とオーウェンには会えない。

三年前の恋をしていた頃の彼とは違うのだと何度思っても、やはり彼に対する気持ちはそう簡単に割り切れるものではなかった。同じ屋敷にいれば、どうしても姿や顔を見る機会はある。そのたびに、ビアンカは心が動揺していた。

嫌いになれたらいいのに……。

侮蔑《ぶべつ》され、ひどい仕打ちをされているのだから、憎んでもいいはずなのに、ビアンカはどうしてもできなかった。逆に、彼に対する思慕が大きくなっていく。それはビアンカには説明できないことで、止めたくてもどうしようもないことだった。

使用人達の話によると、オーウェンは鉄道に関する事業に出資して、経営陣の一人らしい。書斎にこもって仕事をしていることもあれば、その会社に出かけていくこともある。彼が遊んでばかりの貴族ではないことに、使用人は尊敬の念を抱いているようだった。

確かに、ビアンカは厳しい目を向けられてつらいが、やはり真面目に仕事をしている人を嫌いになることはできない。

わたしはまだ彼のことを愛しているの？

何度も自分に問いかけたが、そうではないと答えることができないでいた。

それにしても、彼はここになんの用事があるのだろう。この時間にビアンカが掃除をしているのを知っていて、ここに来たのではないことを祈った。

彼が近づいてきたことで、扉を閉めた寝室に二人きりでいることを意識してしまう。

「ここは僕の寝室だ」

「……はい」

「君はどう思う？　もし僕と結婚していたら……君はここで寝起きしていたはずだ」

ビアンカははっとして、ベッドに目をやった。そんなふうに考えたことは一度もなかった。彼がここで寝ているところをつい想像してしまい、顔を赤らめたことならあるが。

一瞬、彼とここで眠る自分を思い描いた。

けれども、それは実現しなかった。父の借金がなくて、彼と結婚できていたとしても、ここでつらい思いをしなかったとは言えない。彼には愛人がいて、自分はただ子供を産むだけの妻になっていたかもしれないのだ。

実際、今のオーウェンはとても意地悪に見える。彼を愛するのは愚かなことだ。それでも、彼がこうなってしまったのには、何か理由があるのかもしれない。彼の本質はやはり優しい人かもしれないのだ。

ビアンカの頭の中は混乱していた。彼のことなんてすべて忘れてしまいたい。やはり、そのためには早くここから出ていく必要がある。

「あの……わたしは……」

「一度、寝てみないか？」

「えっ……」

彼は何を言っているのだろう。ビアンカは戸惑った。

「あの頃、僕は夢見ていたよ。君が僕のベッドで、一糸まとわぬ姿で横たわっているのを」

ビアンカは顔を真っ赤にした。そんなことを想像されていたとは思わなかった。こんな話は聞いていられない。ビアンカは早く寝室を出ていきたかった。

「わ、わたし、他にご用事がなければ、これで……」

ビアンカが逃げようとするのを、彼は腕を摑《つか》んで引き留めた。

「やめてください……。後でちゃんとお掃除しますから。もしベッドでお休みになりたいのなら、もうシーツは替えていますし……」

「ああ。気持ちのいいシーツだ。君も一緒に休むのなら、それもいいな」

ビアンカは抗議しようとしたが、ぐいと引き寄せられ、彼の胸の中に抱きこまれる。こんなときなのに、ビアンカの胸の鼓動は高鳴った。

彼の瞳がビアンカの動揺を見抜いたかのようにキラリと光る。

「君の髪はとても綺麗だ……。昔、この髪にほんの少し触れるだけで、ドキドキしていたよ」

あの頃、彼はそんなふうに思っていたのか。ビアンカも彼の手に触れられるだけで、同じように感じていた。

幸せな日々の思い出がビアンカの頭をよぎる。

一途《いちず》に彼のことだけを見つめていた頃のことを。

ビアンカは彼の銀色の瞳に吸いこまれるように、ただ見つめていた。いや、現実の彼ではなく、三年前の彼を見ているような気がしていた。

オーウェンはビアンカの髪にそっと触れてきた。乱暴な触れ方をされたとしたら、きっと抵抗していたと思う。しかし、優しい触れ方をされれば、たちまち過去に戻っていく。

ダメよ。彼はわたしのことを憎んでいるのよ。

そう思いながらも、ビアンカは彼から視線が外せなかった。彼は髪をひとつにまとめているリボンを外す。自分の髪の中に彼の手が差し込まれ、感触を楽しむようにゆっくりと指で梳《す》かれていくのをビアンカは感じていた。

彼は不意に髪の一房を摘《つ》まみ、口元に持っていく。そして、軽くキスをした。

ドキン。

彼のそんな仕草に、胸がときめいてしまう。頭の中では逃げたほうがいいと判っている。今なら、そんなに強く抱き締められているわけではないから、逃げられる。だが、何故だか身体が動かない。

髪を触られるのが、こんなに心地いいことだったなんて……。

彼はビアンカのキャップを外した。キャップははらりと床に落ちる。一瞬、ビアンカはこんなことを許している自分に気がつき、慌てて彼から離れようとした。しかし、彼はそれを許さず、ビアンカの頬を両手で包み、キスをしてきた。

もし、彼がこの間のように貪《むさぼ》るようなキスをしてきたなら、ビアンカは彼を恐れただろう。だが、今度のキスは舌を差し込まれていても、前のキスとは違っていた。舌で口の中を優しく愛撫《あいぶ》されていると、拒む理由はないような気がしてきた。

あまりにも気持ちよくて……。

頭の中がふわふわしてくる。三年前の触れるだけのキスとは違うが、それに似たものを感じているからなのかもしれない。

逃げなくてはならない。けれども、逃げたくない。このキスをずっと続けていたかった。それが愚かな考えだと判っていても、やめることができない。

舌がからめとられていく。それが舌だけのことではなく、自分自身も彼に捕らえられたように思えてくる。

わたし……どうなってしまうの？

舌を軽く吸われて、うっとりしてしまう。次第に、彼から逃げなくてはならない理由を思い出せなくなっていた。

ずっとこのままでいたい。彼の腕の中で優しくキスをされていたかった。

彼を愛していた記憶が甦《よみがえ》ってきて、切ない想いが込み上げてくる。結局のところ、自分はまだ彼を忘れていなかった。彼に傷つけられ、死んだはずの愛はやはりまだ心の奥底で生き続けてきたのだ。

こんなふうにキスされただけで、愛が甦ってくるなんて、想像もしていなかった。

身体が熱くなっていく。頭の中も熱に浮かされたようになっていき、細かいことはもう何も考えられなくなっている。

オーウェンが唇を離したとき、ビアンカはまだ物足りなかった。身体の中に燃え盛るものがあって、それが収まらなかったからだ。

もっと……キスして。

口に出したわけではなかったが、オーウェンにその気持ちが伝わったことが判った。彼はビアンカのエプロンを取り去り、ドレスの前ボタンを外していく。

彼は何をしようとしているのだろう。

「あ……わたし……」

ビアンカは唇を彼の人差し指で押さえられた。

「君は何も言わなくていい。頭で考えるんじゃない。ただ……感じればいいだけだ」

感じればいいって……？

彼の低い囁き声に、ビアンカは徐々に理性を奪われていくのを感じた。前ボタンが外され、胸元に手が差し込まれる。もちろん下にはシュミーズやコルセットを身につけているものの、彼の手はその下へとかいくぐっていく。

「やっ……」

乳房に直《じか》に触れられていると思うと、全身がカッと熱くなってくる。こんなふうに他人の手に触れられるのは初めてだった。子供の頃に身体を洗ってくれたかつての乳母やナースメイドは別として、今まで誰も触れたことはなかったのだ。

「ダメ……やめて……」

強い口調で言おうとしたが、囁き声にしかならない。これでは、嫌がっていることが伝わらない。

でも、わたし……嫌がっているの？

よく判らない。彼の手に触れられて、自分の身体はまるで喜んでいるようだった。恥ずかしいけれど、興奮している。胸の先端がひどく張りつめた感じになって、彼の指に触れられると、何故だか甘い快感のようなものが込み上げてくる。

こういったことを意識してしまうと、もう本気でやめてほしいとは思えなくなってくる。

ああ、でも……。

頭に残る理性が、ビアンカに警告を送り続けている。今すぐに逃げなさいと。

それなのに、ビアンカは彼の腕に抱かれて、淫《みだ》らなことをされたままだった。そのうちに、彼はビアンカの耳朶《じだ》にキスをしてきた。

「あぁ……ん……」

ビアンカの口から妙に甘えたような声が出てきた。

脚に力が入らない。いつしかビアンカはベッドに腰かけている。彼もまたビアンカを抱いたまま横に座っていた。

「ビアンカ……」

掠《かす》れた声で彼に名前を呼ばれると、ドキッとする。

彼が胸に触れていた手を引っ込めると、ひどくもどかしい感じがした。敏感になっている乳首が疼《うず》いている。もっと触ってほしがっているのだ。

そんな欲求が込み上げてきて、身体が震える。彼にきつく抱き締められ、再び口づけられると、もう抑えが利かなくなっていた。

すでにこの場から逃げるという選択肢はなくなっていた。逃げられないのか、逃げたくないのか。その両方かもしれない。中途半端に刺激された身体は、どうにもならないほど彼の愛撫を求めている。

身体の内部に嵐《あらし》が吹き荒れている。気がつくと、ビアンカは彼の舌に自分の舌を絡めていた。キスをされているのではなく、キスを交わしているのだ。自分が淫らな罠《わな》にはまってしまったような気がした。

でも、もう手遅れよ……。

何か決着がつかないと、彼から離れられない。そんな気分になっていた。

唇が離れる。目が合うが、ビアンカは潤んだ瞳を彼から離すことができなかった。ただ、彼の目をじっと見つめる。

「これを……脱いでしまおう」

彼はそう言ったが、ビアンカは抵抗しなかった。彼のするままになり、メイドの制服を剝《は》がされた。残るは下着だけだ。靴を脱がされた後は、コルセットにペチコート、シュミーズと一枚一枚、彼が剝ぎ取っていく。

オーウェンは一糸まとわぬ姿になったビアンカをシーツの上に横たえ、欲望に燃える瞳で眺めた。

「想像どおりの美しい姿だ……」

わたしはなんという姿を晒《さら》しているの？

自分が信じられない。今すぐこの裸身を隠したい。そう思いながらも、身体が熱く疼くのを感じていた。

だからこそ、彼にされるままになっていたのだ。快感に引きずられてしまっている。だが、そうせずにはいられなかったし、もう我慢ができなかった。

薔薇色《ばらいろ》の乳首はピンと勃《た》っている。彼の愛撫を待っているのだ。さっきのように、彼に触れてもらいたい。

彼は両手を伸ばし、掌《てのひら》で胸を包んだ。手の温もりを感じて、ゾクッとする。すべてが敏感になっていて、ビアンカは自分のそんな反応が止められない。彼に掌をゆっくり撫《な》でるように動かされ、感じずにはいられなかった。

「あん……あっ……ぁ……」

身体がゾクゾクしてくる。意味もなく腰が揺れる。

彼はそっと頭を下げて、両手で両方の乳房を持ち上げるようにして、その先端に唇をつけてきた。

「あぁっ……！」

まさか、そんなところにまでキスされると思っていなかった。衝撃を受けるのと同時に、唇で乳首を優しくついばまれ、感じたことのない快感がツキンと突き上げてきた。

何これ……？

ビアンカは判らなかった。何もかも初めての経験で、ただ翻弄《ほんろう》されるばかりだ。考える暇もなく、次の快感がやってくる。

ビアンカは淫らな声を上げて、身悶《みもだ》えた。

男女の間にあることは知っている。いや、知っているつもりだった。こんな愛撫を受けるなんて、聞いたこともなかった。

わたしが聞いたのは、犬や馬の交尾みたいなことをすると……。そして、痛みを伴うのだと。

嘘を教えられていたのだろうか。本当はこんなに気持ちのいいことだったのか。

だからといって、オーウェン以外の男性に裸身を晒したり、触られることは嫌だった。キスでさえ絶対に嫌だ。逆に言えば、こんなことまで許しているのは、オーウェンを愛しているからなのかもしれない。

「わたし……あぁんっ……んんっ……」

乳首を舌で舐《な》められて、ひどく感じてしまう。自分が発する声があまりに恥ずかしくて、必死で口を閉じた。

胸を触られているのに、何故だか両脚の間がとても熱くなってしまっている。どうしてそうなるのか、さっぱり判らなかった。ただ、熱くてドロドロしたものがお腹《なか》の中にあり、そこと脚の間が繋《つな》がっているみたいに感じていた。

そう。身体の内部にまで快感が到達しているようだった。

両方の乳首は舌で転がされたり、指の腹で撫でられたりして、すっかり敏感になっている。彼はさんざんビアンカの胸を嬲《なぶ》った後、お腹のほうに手を滑らせていった。

正確には、お腹から腰、それから太腿《ふともも》へと彼の掌が滑っていく。

ダメ……。これ以上はダメ。

彼のことを愛しているとしても、やはり結婚していない男女がこんなことをしてはいけない。これは初夜に花婿にだけ許すことだ。

だが、すでにここまで許してしまっている。裸を見られ、身体に触られ、キスまでされている。それに、ビアンカは結婚しないつもりだった。

初夜なんて、わたしには永遠に訪れない……。

どうせ経験しないことなら、今がいい機会なのではないだろうか。そんな考えが悪魔のように、ビアンカの頭の中に忍び込んでくる。

どんなにオーウェンを忘れたと言い聞かせても、彼のことをまだ愛しているようだった。そして、ビアンカには彼以外の男性とこんな関係になるという選択肢はなかった。

一生、他の誰にも恋はしない。他の誰も愛したりしない。

それなら……オーウェンに身を任せるのは、悪いことなの？

彼の手はビアンカの閉じた太腿の間にするりと入ってきた。

「あ……」

秘部に彼の指が触れる。ビアンカはギュッと目を閉じた。恥ずかしいのもあるが、信じられないくらい甘い痺《しび》れを感じたからだった。

やだ。何……これ。

彼の指がゆっくりと秘裂に沿って動いていく。ビアンカの腰はビクビク震えたが、それだけではなく、自分の大事なところからとろりと何かが溢《あふ》れ出《だ》してきたのが判った。

「いやっ……」

ビアンカは小さな声で呟《つぶや》いた。

「君の蜜《みつ》だ。ほら……こんなに感じているんだな」

それは、感じていたら出てくるものなの？

彼が指を動かすと、濡《ぬ》れた音がする。ビアンカは自分の身体の変化がはっきりオーウェンに知られていることを恥ずかしく思った。

オーウェンはビアンカの下半身のほうに身体をずらした。ビアンカははっとそれに気づいて、両脚を閉じようとしたが、彼の手まで挟んでしまう。

「隠さなくてもいい」

「だって……」

「君の身体はどこも綺麗だから。ほら……」

片方の脚をぐいと押し上げられて、息を呑《の》む。

「や……やめて……」

何もかも見られているなんて……。

身体が震える。けれども、同時にじんと秘部が熱くなってきたのを感じた。

ああ、わたしの身体は一体どうなっているの？

頬だけでなく全身が羞恥《しゅうち》にカッとなった。

彼は指をそっと動かしていく。そのうちに、ビアンカは彼の指が内部に潜り込んでこようとしているのが判った。

「ああっ……そんな……！」

ビアンカは大きく目を見開き、身震いをした。

誰かとこんな行為をしているなんて信じられない。しかも、三年前に別れた人で、もう二度と会うこともないと思っていた人と……。

逃げたいと思った。でも、逃げたくない。

だって、彼とこんなことができるのは最初で最後かもしれないんだから。

いや、恐らくそうなることだろう。二人の間にはもう何もない。彼は侯爵で、自分は没落した子爵令嬢だ。しかも、今はハウスメイドをしている。

未来は何もない。ただ、今があるだけ。

いずれ彼はビアンカをこの屋敷から追い出すだろう。だとしたら、せめてもの思い出に何か欲しい。

わたしが彼を愛していた思い出を。

三年前は何もなかった。躊躇《ためら》いがちの優しいキスだけしかなかった。覚えているのは、唇の感触くらいだ。だが、今回は違う。

彼の指が自分の体内に潜り込んできている。

ビアンカは陶然として、その感覚を味わった。彼の身体の一部が自分の身体と繋がっていることを、強く意識する。

最初は少し痛みを感じたものの、指が根元まで入ると、痛くはなかった。そして、彼が指を出したり入れたりを繰り返すようになってくると、今まで感じたことのないものを感じるようになってきた。

気持ちいい……。

不思議だが、彼の指の動きに伴い、自分の内部から快感が込み上げてくる。どこまで感じればいいのだろう。どうなったら終わりが来るのか。ビアンカは初めての経験に戸惑っていた。

やがて彼は顔をそこに近づけてくる。

「やだ……っ」

そう言ったのに、彼は秘部に唇を近づけた。そして、そのまま指を出し入れしている近くにキスをした。

「はぁっ……ん……っ！」

ビアンカは身体を強張《こわば》らせる。彼がキスをしてきたところは、とても敏感なようで、舌で刺激されるたびに身体がビクビクと震え出した。

鋭い快感がビアンカを翻弄する。

同時に内部も弄《いじ》られているのだ。どちらも一緒になって、ビアンカを高みに押し上げようとしている。

これは……なんなの？

ビアンカは途方に暮れたが、もう止められない。次第に身体の芯《しん》から全身にまで、その快感が膨らんでいく。

「あぁぁぁっ……！」

その瞬間、ビアンカは快感に貫かれ、身体にぐっと力を入れた。

信じられないほど気持ちがよくて……。

頭がふわふわとしてきて、何も考えられない。身体からも力が抜けていって、動けなくなっていた。

ビアンカはオーウェンに身体を引っくり返される。うつ伏せにされたまま、ぼんやりとしていた。背後で何か衣擦《きぬず》れの音がしている。

オーウェンが脱いでいるの？　彼の裸はどんな感じなの？

目を閉じたまま、そんなことを考えていると、彼の手によって腰を抱え上げられた。膝《ひざ》で立たされるようなポーズになったが、上手《うま》く頭が働かない。

後ろから両脚の間に何かが当たる。

指ではないわ。唇でも舌でもない。だったら、何？

彼がビアンカの腰に両手を添えた。そのときになって、ビアンカは思い出した。男女の間で何が行われるかということを。

「やめ……っ！」

叫ぼうとしたが、間に合わなかった。

ビアンカは痛みを感じ、身体を強張らせた。

「いやぁ……ぁ……」

ビアンカの様子がおかしいことに気づいたのか、彼は動きを止めた。

「まさか……ビアンカ……！」

「やめて。もう……」

哀願するようにか細い声で頼むと、彼は腰を引いた。ショックを受けたビアンカは横向きで身体を丸くして、涙を零《こぼ》した。

こんなことって……あんまりだわ！

「すまない。ビアンカ……。君に痛い思いをさせるつもりじゃなかったんだ」

オーウェンは指で涙を拭《ふ》き取り、濡れた頬にそっとキスをしてきた。彼が何度も何度も頬や瞼《まぶた》、鼻の頭にも優しくキスしてくれるうちに、ビアンカは泣きやんだ。彼がわざとお仕置きのつもりで痛みを与えたのかもしれないと思っていたのだが、こんなに優しくしてくれるなら、あれはわざとじゃなかったのだ。

それだけは心の慰めになる。わざとだったら、あまりにも惨めだから。

「ごめん。ビアンカ」

いつも厳しい目つきで非難してくる彼とは違う。三年前に戻ったような気がした。ビアンカはいつしか仰向《あおむ》けになり、彼から口づけを受けていた。

優しくキスされると弱い。いや、優しい仕草、優しい言葉、優しい眼差《まなざ》しに弱いのだ。彼はたちまち傷ついた心を癒《い》やしていく。

ビアンカは彼の背中に手を回した。手にベストの生地が当たり、そのときになって、彼は上着を脱ぎ、クラヴァットを解《ほど》いただけだと気がついた。いや、正確にはそうではない。ズボンのボタンは外れている。

わたしは裸なのに……。

ビアンカは彼の肌に触れたかった。二人の肌が触れ合ったら、どんなに気持ちよくなれるだろう。けれども、彼の手が自分の肩や腕の感触を確かめるみたいに撫でていくにつれ、次第に不満は消えていった。

彼はビアンカの手を取り、指先にキスをする。恭《うやうや》しいキスの仕方で、三年前のことを思い出す。あの頃、ビアンカは子爵令嬢で、付き添いの小間使いや義姉が常に傍《そば》にいて、二人きりになかなかなれなかったから、そうしたキスをよくしていたのだ。

あのときと同じ気持ちを、彼がまだ抱いているような気がして……。

これは一時の幻《まぼろし》かもしれない。そう思いながらも、ビアンカは自分の夢に酔っていた。

三年前、何事もなかったら、二人は結婚して、こんな初夜を迎えたのかもしれない、と。

あのときの彼なら、きっとこんなふうに優しく抱いてくれたに違いない。

そんな想像をしていると、身体は再び熱を帯びてくる。

これがわたしの初夜……。

夜でさえないが、それでもいい。愛する人とひとつになりたい。

そんな欲望が込み上げてきた。

オーウェンはそれを敏感に察して、ビアンカの両脚を広げた。

秘部に硬いものが当たる。ビアンカははっと身を強張らせた。

「大丈夫。優しくする……。もう痛くないはずだから」

痛くないなんて思えない。しかし、彼が優しくしてくれることだけは確かだった。

「力を抜いて……」

ビアンカは彼に身を委《ゆだ》ねようと、なるべく身体から力を抜く。

再び彼のものがゆっくりと内部に侵入してくる。だが、彼の言うとおり痛みはもうなかった。ただ、自分の内部に彼のものが入ってくるのが感じられる。

彼はすべてを中に収めきると、息を吐いた。ビアンカの秘部はじんと痺れていて、不思議な気持ちがする。

ああ……わたし達、ひとつになったんだわ！

身体が繋がり、二人の間に絆《きずな》が生まれたような気がした。ビアンカは感動で胸がいっぱいになる。

目の前の彼は今まで以上に色っぽく見える。

男性なのに色っぽいという言い方はおかしいかしら。

けれども、そのように見えるのだ。もしかして、オーウェンもまたビアンカのように感じているということなのだろうか。

男性の身体のことはよく判らない。しかし、ビアンカは自分の身体のことも判っていなかった。こうすることで、男性はなんらかの快感を得るのかもしれない。

「あ……あなたも……気持ちがいいの？」

おずおずと尋ねると、彼は驚いたように目を開き、それから微笑《ほほえ》んだ。

「そうさ。……もちろん」

彼は手を伸ばして、ビアンカの頬を撫でた。その仕草に、ビアンカはドキッとする。

彼の優しさに夢中になってしまう。それが危険だということも、今はもうどうでもいい。今だけは現実のことなんか考えたくなかった。

わたしを見て。わたしを……愛して。

口に出していうわけにはいかないが、心の中でなら言える。手を広げて、彼にしがみつくと、彼もまたきつく抱き返してきた。

このまま、ひとつに溶けてしまいたい。そうしたら、二度と現実には戻らずに済む。

しかし、彼はゆっくりと腰を動かした。ビアンカは予期せぬ感覚に驚いた。自分の内壁と彼のものとが擦れ合っている。

「あ……いや……ぁっ」

もう強い快感はなくなったと思っていたのに、彼が動くと、また気持ちよくなってくる。身体は熱くなり、再び快感が膨らんできたのを感じた。

ビアンカは助けを求めるように、彼の首に腕を絡める。

「はぁ……はぁ……あぁっ……」

気がつくと、ビアンカの腰もひとりでに動いていた。快感を貪ることしか考えられない。そして、この先にやってくるはずの絶頂のことだけが頭をよぎる。

「もう……あぁあ……ぁあっ！」

艶《つや》のある声が喉《のど》から絞り出される。彼がぐいと奥まで入ってきたのと同時に、ビアンカは高みまで昇りつめた。同時に、彼もまた喉から呻《うめ》くような声を出し、ビアンカをギュッと抱き締める。その瞬間、彼もまた同じように昇りつめたのだ。

二人とも呼吸は荒く、胸の鼓動が激しくなっている。こうして抱き合っていると、自分達は同じ感覚を分かち合ったのだと判った。

これが結婚した男女が初夜の床で行うことなのね……。

ビアンカはすっかり満ち足りていた。愛する男性と結ばれたという喜びに満ち溢れている。これが幸せなのだと心から思った。

わたしの相手はオーウェンしかいなかったんだわ……。

三年前にあったことも、この三年間にあったことも自分の中から消えてなくなりはしないが、それでもすべてが綺麗に洗い流され、罪が贖《あがな》われた気がした。

今、彼の腕の中で抱かれている。ビアンカにとって、それが重要だった。

ふと彼が身じろぎをした。夢が醒《さ》めかけていることに気づき、ビアンカは彼が顔を上げるのを見た。

優しくキスをしてほしい。

大丈夫だと囁いて。

そう願ったが、彼の表情は強張っていた。

ビアンカはたちまち悲しみに包まれた。身体をひとつに繋げても、彼にとっては大したことではなく、ビアンカが感じたような絆を感じることはなかったのだろう。

オーウェンは身体を離すと、ビアンカに背を向けた。

彼は溜め息交じりに言う。

「これで……君が人の夫を盗んでないことだけは、はっきりしたわけだな」

起き上がろうとしていたビアンカは、頰をぶたれたような衝撃を受けた。
目に涙が滲《にじ》む。ビアンカにとって、これは特別の『初夜』だった。しかし、彼にも少し
くらいは意味のあるものだと思っていた。たとえ絆は感じなくても、優しくしてくれたの
だから、三年前の愛の欠片《かけら》くらいは感じたのではないかと。
でも……そんなはずはなかったのよね。
だって、彼はわたしを愛していたわけではなかったんだもの。
愛の告白もキスも、すべて偽物《にせもの》だった。彼に少し優しくされただけで、ビアンカはそれ
を忘れていたのだ。
馬鹿《ばか》ね……。
身を捧《ささ》げても、二人の間には将来がないことは判っていた。ただ、この時間だけ、彼の
ものになりたかった。それだけだったのに、彼はこれ以上ないくらいひどい言葉を投げつ
けてきた。
わたしは処女だった。彼にはたったそれだけのことだった。
ビアンカは唇を嚙《か》み締《し》めた。涙が出ても、泣きたくなかった。枕《まくら》を背にして、胸を両手
で隠す。そして、なんとか息を吸い、言葉を絞り出す。
「……服を着ますから、出ていってください」
望みどおりの冷ややかな声が出せたが、彼が振り向いて台無しになった。彼はビアンカ

の瞳に涙が溜まっていたのを見て、一瞬、言葉を失う。

「ビアンカ……」

「お願い。一人にして」

唇が震え、言えたのはそれだけだった。

「判った……。後で話そう」

いいえ。話したりしない。

彼の冷たい言葉で、もう傷つけられたくなかった。

一刻も早く逃げてしまいたい。こんなことを我慢してまで、ここで働く意味があるだろうか。

もう充分じゃないの。

まして、愛人にしてやろうなんて言われたら、胸が張り裂けそうになるに決まっている。

オーウェンはベッドを出て、さっと身支度《みじたく》をすると、髪の乱れを直しながら寝室を出ていった。

扉が閉まった途端、ビアンカは糸が切れたように、両手で顔を覆って泣き始めた。

世の中にはたくさんつらいことがあって、今まで自分もその中のいくつかは経験してきたつもりだった。だが、これほどつらいと思ったのは、初めてのことかもしれない。

無実の罪で住み込んでいた家を追い出されたときも、宝石を盗んだと疑われたときも、メイドになれと言われたときも、こんなに涙は出なかった。

オーウェンを責めても仕方ない。自分が愚かだったのだ。優しくキスされただけで、抵抗をやめていたのだから。

彼にとっては思うつぼだったに違いない。メイドとしてこき使われた上、さんざん侮辱されて、弄ばれ……。この先に何があるのだろうか。

いや、もう何もない。ビアンカはこの屋敷から出ていくつもりだった。

のろのろとベッドを下り、散らばっていた衣類を拾い集める。惨めでたまらない。彼に抱かれて、夢見心地だったのは、ほんの一瞬に過ぎなかった。せめてもの思い出を求めていたはずなのに、それさえも醜く汚れてしまった。

それでも彼を愛しているの？

ビアンカは自分に問いかけた。

彼への思慕はまだ心の中に確かに存在していた。

ビアンカは荷物をトランクに詰めた。

とにかく早くここを出ていかなくてはならない。紹介状のことが頭をよぎったが、今は彼と話をする気にもならなかった。

どこだっていい。とりあえず、兄のところに戻ってもよかった。ここに留《とど》まるより悪いことはないように思えた。

もう狭い使用人の階段を使う必要もない。堂々と表にある階段を下りて、玄関に向かうと、そこで家政婦とばったり会ってしまった。家政婦はメイドの制服を脱ぎ、トランクを手にしているビアンカを見て、驚いていた。

「まあ、どこへ行くつもりなの？」

「ここを出ていきます。どうか止めないでください」

「侯爵様には話したのかしら。黙って、やめるなんてよくないわ」

「あなたにはお世話になったと感謝しています。でも、彼には会いたくありません」

「そんなわけにはいかないわ！　わたしが侯爵様に叱られてしまうから。ねえ、落ち着いて。何があったの？」

そんなことを言えるわけがない。だが、オーウェンにはビアンカが出ていく理由が判るはずだ。執事もやってきて、ビアンカを止めようとする。

足音が聞こえてきて、振り向くと、オーウェンが駆け寄ってきた。

「何も言わずに出ていくつもりか？」

ビアンカは彼と目を合わせないように、下を向く。

「……い、いけないかしら？」

「後で話そうと言ったはずだ。さあ、来るんだ」

オーウェンは彼女の腕を摑んで、書斎に連れていこうとした。

「嫌です。あなたとは話したくありません」

「さっきはそう言わなかったじゃないか」

「言わなくても、そう思ってました。わたしはもうここにいられない。嫌なんです」

オーウェンは少し厳しい声を出した。

「やめるにしても、君にはまだ給金を払っていない。紹介状も書いていない。すぐ用意するから、こっちへ……」

そのとき、玄関の扉が叩かれた。こんなところで揉《も》めているときに来客とは間が悪いが、まさか無視するわけにもいかず、執事はさっと扉を開いた。

そこにはドナの姿があり、ビアンカは目を丸くした。オーウェンがよかったらいつでも訪ねてきてほしいとは言っていたが、こんなときに彼女が来るとは思わなかったのだ。

「ドナ……」

「ああ、ビアンカ！　わたしが間違っていたわ。どうか戻ってきてちょうだい！」

彼女は執事を押しのけて、ホールに踏み込んできた。そして、ビアンカをギュッと抱き締める。

ビアンカは呆然《ぼうぜん》となった。

「ドナ……一体……？」

「あなたの無実が判ったの。犯人はカサンドラだったのよ！」

「カサンドラが……」

ビアンカは意地の悪い彼女の顔を思い出した。犯人だと言われても、なんの違和感もない。

「本当にわたしが悪かったわ。どうして、あなたを疑っていたのかしら。あなたは優しい人なのに……」

オーウェンは二人の間に割って入った。

「詳しい話は応接間でしようじゃないか」

ビアンカは仕方なく頷《うなず》いた。

本当はすぐにでも出ていきたかったが、ドナの出現で変わってしまった。戻ってきてほしいと言われたということは、自分には行き場が見つかったということだ。

ただ、いきなり何もかもがひっくり返ってしまって、ビアンカはまだ戸惑っていた。

わたしはこれからどうなるの……？

ただ、ここを出ていくことだけは、ビアンカの中では決定していた。

ビアンカは応接間のソファに座り、複雑な気分でドナとオーウェンを見ていた。

二人とも、申し訳なさそうな顔をしている。さっきパーラーメイドが運んできたお茶を飲みながら、今度は不思議な気持ちになった。

さっきまで、わたしはこの屋敷のハウスメイドだったのに。

オーウェンはドナに尋ねた。

「どうして犯人がカサンドラだと判ったんですか？」

「それが……カサンドラの小間使いをしてくれているメイドが教えてくれたの。彼女がうっとり宝石を眺めているのを見たって。慌てて化粧台の引き出しの中に隠したらしいけど……。彼女が出かけているときにこっそり彼女の部屋に入って、確かめてみたら、間違いなくわたしの宝石だったのよ」

ビアンカはほっと息を吐いた。

そこまで証拠があるなら、自分の疑いは晴れたということだ。それが何より嬉《うれ》しい。ビアンカが盗んだのではないことは、自分はよく判っていることだが、誰かに疑われたままでいるのはつらかったからだ。

ドナは話を続ける。

「わたし、カサンドラを問い詰めたわ。最初はしらを切っていたけど、実際に彼女の引き出しに入っているんだもの。言《い》い逃《のが》れはできないわ」

オーウェンは眉《まゆ》を寄せて尋ねた。

「彼女はどうして盗んだんですか？」

「わたしがつけているのを見て、欲しくなったのよ。ばれるのが怖くて、ビアンカに罪を着せたの。でも、それだけじゃないのよ。彼女は……」

ドナは言いにくそうに口を閉じた。

「他にも何かしていたんですか？　聞かせてください」

オーウェンに促されて、ドナは続けた。

「彼女がしばらくロンドンに滞在したいと言うから、わたしは親戚《しんせき》のよしみで招待したの。遠縁だけど、わたしの具合が悪いときによく来てくれていたし。でも、本当は……遺産目当てだったのよ」

「遺産ですって？　こんなにお元気なのに！」

思わずビアンカは声を張り上げてしまった。遺産目当てで擦り寄ってくるなんて、ぞっとする。

ドナはビアンカのほうを見て、微笑んだ。

「あなたはそう言うけど、世の中にはそういう人がいるの。特に、あなたが来てくれるまで、わたしは本当に具合が悪かったから……今にも死にそうだと思っていたんでしょうね」

「それにしたって……」

「もういいの。彼女はあなたのことを邪魔に思っていたから、わざと罪を着せたの。あなたがいなくなれば、自分があなたにとって代わって、もっと取り入りやすくなるからって」

「彼女は……役に立ちましたか？」

ドナは首を横に振った。

「全然。あなたに戻ってきてもらいたかったわ。でも、カサンドラは自分が付き添いになると決めていたし、わたしは嫌だとも言いづらくて……。本当にごめんなさい」

結局、彼女は優しすぎるのだろう。だから、利用されたのだ。そして、カサンドラに狙われたのだろう。

自分が陥《おとし》いれられたことは悔しいが、それは別としても、カサンドラの企みが阻止されてよかったと思う。彼女は自分の野望のために、ドナに危害を加えたかもしれないのだ。

ぞっとする話で、ビアンカには理解できないが、金目当てに取り入り、宝石を盗み、無実の罪を平気で人に着せるような人間なのだから、常識では測れない。彼女は常軌を逸したところがあるのだろう。

ビアンカは溜め息をついた。

「よかったわ。カサンドラがそんな人だったのは、さぞかしつらかったでしょうね」

「あなたって人は……なんて優しいの。わたしはあなたを疑ったというのに……」

それはもちろん悲しいことだ。けれども、ビアンカは彼女に人生をやり直すきっかけをもらったのだ。彼女はビアンカに世話になったと言うが、実際のところ、お互い様だった。

「いいんです、もう……。判っていただければ、それで」

「じゃあ、戻ってきてくれるわね?」

ドナは嬉しそうに言った。彼女のところには戻りにくいが、このままここにいることはできない。どうせ行くところがないのだから、彼女の許《もと》に戻ればいい。そうすれば、問題は解決する。

ドナを利用して、逃げ出すような気がして、少し後ろめたいけれど。

しかし、彼女は戻ってきてほしがっている。戻らないと言うほうが、彼女を傷つけることになるだろう。

ビアンカは大きく頷いた。

「はい……。またあなたのために働きます」

「よかった! もう絶対あなたを疑ったりしないわよ」

ドナはやっと気が晴れたように笑う。ビアンカは彼女と手を取り合い、微笑んだ。

だが、オーウェンは一人だけ苦虫を噛み潰したような顔をしている。この結論が彼は気に食わないらしい。ドナは彼の様子に気づかず、にこやかに話しかけた。

「オーウェン、あなたにも迷惑をかけたわね。今までビアンカを保護してくれて、ありがとう」

そう言った途端、彼女は顔をしかめる。

「あら、でも、ビアンカは荷物を持っていたわね。ひょっとしたら、もう次の仕事先が決まっていたのかしら」

オーウェンは咳払《せきばら》いをした。

「いや、僕達は意見の食い違いで仲違《なかたが》いをしてしまって……。彼女が出ていこうとするのを、ちょうど止めていたところだったんです」

「まあ、よかったわ！　わたし、ちょうどいいところに来たのね。出ていかれていたら、見つけられなかったかもしれないんだもの」

「……そうですね」

オーウェンはビアンカのほうをちらりと見た。

「君はドナのところに戻りたいのか？」

「もちろんです！」

ビアンカは彼から視線を逸らし、語気を強めて言った。

彼の顔を見られないのは淋《さみ》しいかもしれないが、報《むく》われない想いを抱いているのはつらい。それに、ここではメイドだったが、ドナのところでは付き添い役だ。どちらがいい扱いをされるか、比べるまでもない。

でも、わたしはここでちゃんと働いたわ。怠《なま》けたり、嫌がったりしなかった。どんなことでも、言いつけられたことはやり遂げたのだ。誰にも恥じるところはなかった。

恥じることがあるとすれば……。

彼に身を任せてしまったことだ。思い出になればいいと思っていただけで、何か欲張りなことを考えていたわけではない。ただ、彼を愛していたから抱かれたのに、彼はその想いを踏《ふ》み躙《にじ》ってしまった。

とはいえ、彼を憎んでいるわけではない。できれば憎みたいが、三年前からビアンカの心の奥に彼は住みついていて、どうしても出ていってくれない。彼が自分のほうを向いてくれないからといって、そんな理由で憎めるだろうか。

結局、わたしの片想《かたおも》いなんだから……。彼がわたしを愛せなくても仕方がないわ。だが、彼を愛することをやめられたら、どんなに楽だろうと思う。この屋敷を出ていくのと同じように、彼への愛情を捨てられたらいいのに。

オーウェンは溜め息をつき、立ち上がった。

「判った。それなら、今までの給金を出そう」

「けっこうです。だって、わたしは無理やり連れてこられただけで、元々、ここで働くつもりなんかなかったんですから」

彼は応接間を出ていくと、すぐに戻ってきてソブリン金貨を一枚差し出した。

「とにかく、メイドとして働いてもらった分の給金は渡しておくよ。君は真面目に働いていたし、それに対する報酬はもらってもらいたい」

ビアンカはソブリン金貨を掌の上に置かれて、それを眺めた。

これがわたしの値段なの……？

もちろん、それはメイドとしての働きに対するものだ。それでも、ビアンカにはどうしても素直にそうは思えない。

一瞬、唇を噛み締めたが、いつまでもこんなことにこだわっていたら、ここを出ていけない。ドナのところに行って、早く何もかも忘れてしまいたかった。

もっとも、そう簡単に忘れられないのは充分に判っていたが。

ビアンカは金貨をギュッと握りしめると、立ち上がり、よそよそしい態度で彼に頭を下げた。

「ありがとうございます。お世話になりました」

ドナも立ち上がり、ビアンカを褒めた。

「どんなときでも、礼儀を大事にするあなたが好きよ。さあ、帰りましょう。……オーウェン、またわたしのところに遊びにきてね。二人とも、今度はもっと仲良くなれるわ」

オーウェンはドナには優しい笑みを見せる。

「もちろん近いうちに訪ねていきますよ。ビアンカ……また会おう」

ビアンカはただ黙って頭を下げた。

できれば、彼にはもう会いたくない。でも、会えなかったら、きっとつらくなる。

ビアンカの心は複雑だった。

オーウェンはビアンカの荷物を持ってくれ、二人を馬車まで送ってくれた。ここへ無理やり連れてこられたのは、一ヵ月ほど前のことだった。無実の罪だったと判っただけで、彼の態度がこんなに違うなんて、不思議なものだ。

彼は馬車に乗り込むドナに手を貸し、続いて乗ろうとしたビアンカにも同じように手を貸してくれる。

いや、そうではなかった。ビアンカの手を優しく包み、囁いた。

「いつか……ちゃんと話そう」

ビアンカの身体は強張った。彼は自分を厄介払《やっかいばら》いができて、ほっとしていると思ったのに、そうではなかったようだ。

「いいえ、もう……いいの」

そう。これでもう終わり。

ドナの付き添いとして会うことはあるかもしれないが、それだけのことだ。彼とこれ以上話したところで、ビアンカの傷ついた心が元どおりになるわけではない。

三年前と同じだ。ただあのことを忘れるように努めるしかない。

馬車が動き始める。オーウェンの屋敷が遠ざかり、ビアンカは二度とあの場所に戻ることはないのだと思った。

# 第三章　オーウェンの訪問

何もかも元どおり。そのはずだった。

翌日の午後になって、まさかオーウェンがドナを訪問してくるとは思わなかった。近いうちに訪問すると言っていたが、まさか翌日とは思わない。居間でドナに本を朗読していたビアンカは、彼の訪問を執事に知らされて、不意打ちを食らったような気がして呆然《ぼうぜん》とした。

オーウェンがにこやかに居間に入ってきた。

「ドナ、ご機嫌はいかがですか?」

「まあ、オーウェン！　さあ、こちらへ来て、座ってちょうだい。ビアンカ……」

「……はい」

ビアンカは席を立ち、パーラーメイドにお茶とお菓子の用意を頼んだ。居間に戻ると、彼はソファに寛《くつろ》いで座っていた。あろうことか、ビアンカに笑顔を向けてくる。

ビアンカは困惑しながらも、礼儀として微笑《ほほえ》みを返した。といっても、かなりぎこちない笑みだ。できれば、こちらは彼に会いたくないと思っていたのだから、それは仕方ないと思う。

ビアンカはドナの屋敷《やしき》に戻ってきて、落ち着きを取り戻した。ここでは他の使用人にも丁重に扱われるし、雑用はドナの身の回りのことだけすればいい。おまけに、部屋もドナの隣で、他の客用寝室と遜色《そんしょく》ない部屋だった。小間使い用の狭い部屋ではなかった。

おまけに食事はドナと共に食堂で摂《と》ることができ、風呂《ふろ》はメイドが部屋までお湯を運んできてくれる。制服を着ることもないし、朝早くから起きて、屋敷の中を駆けずり回ることもない。

いや、メイドの仕事の経験をして、その仕事の大変さを判《わか》ったから、あの体験がすべて悪いことだったとは思わない。しかし、やはりメイドの仕事はつらかったし、それから解放されたことで、人間扱いされる生活に戻った気がしたのだ。

もっとも、オーウェンの屋敷は使用人にかなり配慮のある仕事場ではあった。すべては雇い主の人格によるものだ。付き添い役であっても、雇い主がひどければ、いい仕事場とは思えないだろう。

やがて、パーラーメイドが紅茶とお菓子を持ってきた。クッキーや小さなタルトがそれぞれ美しい皿に盛りつけてある。ビアンカは綺麗《きれい》に並べてあるお菓子を見て、微笑みを浮かべる。ふと視線を感じて目を上げると、オーウェンがじっとこちらを見つめていた。

自然と頰《ほお》が赤くなる。どうして彼は自分を見つめているのだろう。さっぱり判らなかったが、とりあえず視線を逸《そ》らした。そして、黙ってポットの紅茶を注ぎ分ける。目を上げると、オーウェンの視線はまだビアンカのほうに向けられている。

もう……どうしてわたしばかり見るの？

ビアンカがカップをそれぞれの前に置くと、ドナがオーウェンにお菓子を勧めた。

「どれもうちの料理人が作ったお菓子なのよ。食べてみて」

「では、いただきます」

彼は小さなタルトを摘《つ》まんで、口に運ぶ。

「これは絶品ですね。実は、うちの料理人はお菓子を作るのが得意ではないんですよ」

「料理人の中にはそういう人もいるわね。でも、あなたのお屋敷にはあなたしかいないから……。家族がいれば別よ。奥様がいれば、奥様がお友達やご近所の方をお茶に招待するし、そうすればお菓子を出さないわけにはいきませんもの」

ビアンカはあの屋敷に、彼の妻や子供がいるところを想像して、暗い気持ちになった。彼は今のところ独身だが、いつかは結婚するだろう。それは判っているつもりだったが、いざそうなったら、やはり自分は悲しむことになるに違いない。

そのときに、ドナの付き添いの仕事をまだしていたとしたら、結婚式や披露宴に呼ばれるかもしれない。

そう思ったとき、紅茶のカップを持つ手が少し震えた。

ビアンカはオーウェンのことを愛していて、当分、その気持ちは続くことだろう。そう簡単には思い切れないものだ。

もうオーウェンの結婚の話のことなど聞きたくないのに、ドナはまだその話題を続けていた。

「あなたは結婚する予定はないの？　婚約する予定とか？」

「いえ……。今のところは全然」

オーウェンもその話はしたくないらしく、顔をしかめて、首を横に振った。

「ドナ、あなたの再婚は？」

「まあ……何を言ってるの。こんなおばあちゃんが再婚なんてするわけがないでしょう？」

「判りませんよ。社交界に顔を出せば、誰かいい人に出会うかもしれない」

「そんなわけないわ。でも、わたし、実はちょっとした計画があるのよ」

ドナは急に浮き浮きした表情になった。

「計画？　どんなことですか？」

「ビアンカのことなの。わたし、今回のことで、本当に信頼すべき人が誰なのか、よく判ったわ」

彼はビアンカをちらりと見る。どうやら彼はビアンカが宝石泥棒でなかったとしても、そこまで信頼するのはどうかと思っているようだった。

「わたし、ビアンカに綺麗なドレスを着せて、舞踏会に連れていくつもりよ」

ビアンカはドナの言葉を聞いて、驚いてしまった。

「あの……それはちょっと……」

自分の仕事はドナの付き添い役だ。彼女が舞踏会に行くというなら、それに付き添わなければならないが、それは自分がダンスをしたり、楽しむためではない。

「そうですよ。ドナ、彼女は人形じゃないんだから、飾り立てて舞踏会に連れていって、どうするんですか？」

「もちろん、彼女に花婿を見つけてあげるのよ」

ドナは自信たっぷりに言った。

ビアンカは愕然《がくぜん》とする。オーウェンの軽蔑《けいべつ》したような眼差《まなざ》しが自分に向けられた。彼は自分がドナにそういったことをねだったと思ったのだろうか。

「わたし、結婚する気はありませんから」

思わずそう言うと、オーウェンがそれに口を挟んできた。

「どうしてだ？　金持ちと結婚すれば、もう働かなくて済む」

彼が三年前のことを当てこする。

「とにかく、もう結婚しないと決めたんです」

「あなたみたいに若いときに、そんなことを決めてはいけないわ。あなたは綺麗だし、気立てがいい。舞踏会に行けば、きっと素晴らしい男性が現れて、あなたを攫《さら》っていくわ。わたしはあなたにチャンスを与えてあげたいの」

ドナは熱く語っている。そんな浮き浮きしたドナを見るのは初めてで、できれば彼女の気持ちを大事にしたいと思った。

でも……舞踏会で花婿を見つけるなんて……。

ドナはもちろん知らないことだけれど、かつて結婚の約束をしたオーウェンがこの場にいて、この話を続けるのはつらかった。

「わたしに負い目があって、そんなふうに考えるのでしたらやめてください。わたし、あなたの付き添い役で充分満足していますから」

「前から考えていたことよ。だから、ロンドンに来たの。あなたは素敵な男性と巡り合って、恋をする資格があるって思ったから。そりゃあ、わたしだってあなたみたいな付き添い役をみすみす失いたくない。だけど、あなたの幸せを考えるなら、そうしてあげるのが正しいことよ」

ドナは本当にわたしの幸せを考えてくれているんだわ……。

ビアンカは赤の他人である彼女がそこまでしてくれようとしていることに、感動していた。父親でさえ娘を利用しようとしていたというのに。

気がつくと、涙が出そうになっていた。慌てて目元を拭《ぬぐ》う。

「嬉《うれ》しいです、とても。あなたがそんなふうに考えてくれているなんて思わなくて」

だが、オーウェンは異論がありそうだった。意味ありげにビアンカのほうを見る。

「彼女は子爵令嬢ですし、貴族と縁続きになりたい者が結婚したがるかもしれません。ただ持参金がないとなると、相手は限られると思いますが……」

「持参金なら、もちろんわたしが用意するわ」

ドナの言葉に、ビアンカは驚いた。

「そこまでしてもらうわけにはいきません。それに……わたしは本当に結婚するつもりはないんです」

「あら、どうして？　幸せになりたいと思わないの？」

ビアンカは言葉に詰まった。恋愛も結婚もしたくないと思ったのは、三年前のことだ。あのとき、あまりにも傷ついてしまって、男性が信じられなくなった。けれども、今はオーウェン以外の人に抱かれたくないと思っている。

ドナに、裕福な子爵令嬢だったことや父の破産、両親の死のことは話したが、オーウェンや年寄りの大富豪と結婚しかけたことなどは話していない。今更そんなことは説明できないし、そもそもオーウェンの前では言いたくない。

「わたしは……」

ビアンカがどう言おうか迷っていると、オーウェンが言う。

「三年前、君は結婚寸前までいったじゃないか」

「あら！　あなた達、前から知り合いだったの？」

今になってドナは初めて知ったようだ。確かにここで再会したとき、一度も自分は彼と知り合いだとは言わなかった。彼のほうも初めて会ったようなふりをしていたのだ。

オーウェンは肩をすくめた。

「実はそうなんです。あのときは、けっこう親しかったんですけどね」

「まあ……そうなの」

ドナはビアンカとオーウェンを見比べた。彼の言い方がとても意味ありげに聞こえてきて、ビアンカは頬を染めた。

「とにかく、わたしはもう舞踏会で花婿を探す気になれないし、第一、もうそんな年でもないから……」

「まだ二十歳でしょう？　大丈夫。あなたに似合いのドレスを作ってあげるわ」

ビアンカは困ってしまった。ドナにそんなことまでしてもらうわけにはいかない。自分は結婚しないつもりだからだ。お金と時間の無駄になる。

「わくわくしてくるわ。娘時代に戻ったみたい」

ドナははしゃいでいる。

ふと、ビアンカは彼女がそこまで楽しそうにしているのを見たことがないのに気がついた。一年半前に彼女に雇われたときは、笑うどころか、ベッドから起き上がるのも大変そうだった。たった一人の近しい親族だった孫息子を失い、何もする気になれなかったらしい。

ビアンカが世話をするようになって、彼女は次第に元気を取り戻すようになった。しかし、これほどはしゃいでいたことはない。

はっきり言って、ビアンカは今更、社交界に顔を出したいとは思わない。ドナが舞踏会に行きたいなら、付き添いとしてひそかに出席したいのだ。けれど、ビアンカを飾り立てることで、ドナが昔の娘時代を思い出し、元気になれるなら、茶番劇をする価値はあるのではないだろうか。

それに……ほんの少し、もう一度だけ綺麗なドレスを着て、誰かとダンスをしてみたい気もする。

思い出すのは、オーウェンに夢中だった頃のことで……。

でも、今度は愚かな夢を見たりしないわ。

ビアンカは溜《た》め息《いき》をつきつつ、微笑んだ。

「ドナ、あなたがいいようにしてください」

「そうこなくちゃ！　早速、仕立屋に行きましょう。もちろん最高級のドレスを作ってくれるところよ」

ドナは楽しそうに計画を語り始めた。

ビアンカはその話に付き合いながら、ふとオーウェンの視線を感じた。彼はビアンカに不機嫌な眼差しを向けている。彼はビアンカが金目当ての娘と思っているから、また大富豪との結婚を狙《ねら》っていると考えているのかもしれない。

だからといって、彼には止める権利もないのだが。

それに、わたしは大富豪どころか、誰とも結婚する気なんかないんだから。

わたしが愛する人もたった一人。結婚したい人も一人だけ。

だが、その気持ちが実を結ぶことはもう絶対ないのだ。

オーウェンはドナの勧めに従って、夕食を共にすることになった。

客を招待するような本格的なディナーではなく、いつも食べているのと同じような夕食だ。それだけ彼はドナにとって、身内同然ということなのだろう。もちろんビアンカも同席している。

それにしても、ビアンカは彼がさっきからずっとこちらに視線を向けてくることに困惑していた。

家族が食事を摂る小さな食堂で、丸いテーブルについて食べているからだろうか。とにかく、オーウェンとの距離が近い。もちろんオーウェンだけでなく、ドナとも距離が近いのだが、それはまったく気にならない。ただし、オーウェンは別だ。

だって、ドナは家族みたいなものだけど、オーウェンは違うから……。

そう思いつつ、ビアンカはそれが自分へのごまかしだと判っていた。オーウェンに抱かれたことはまだ忘れられないし、その彼がこんなに近くにいると思うと、なんだか落ち着かないのだ。

もちろん、彼はあのときのことを一言も言わないが……。

いくらなんでも、ドナの前で言えるわけがない。ビアンカも知らせるつもりはなかった。

オーウェンがビアンカに話しかけてきた。

「君にはお兄さんがいたと思うが。お兄さんはどうしているんだ？」

「領地にいるわ」

兄のことを訊《き》かれたくなくて、ビアンカは身を強張《こわば》らせた。

「君はどうしてお兄さんのところにいずに、住み込みで働いているんだ？」

やはり、不思議に思われてしまうのだ。兄に遠慮して家を出たのは、彼には理解できないことなのかもしれない。

「父は借金を残して亡くなったから……。兄は大変なの」

「君が働いたところで、なんの足しにもならないと思うが」

「それはそうだけど……。わたしが家にいるのといないのとでは違うから」

そこまで貧しいと思われるのが恥ずかしくて、頬が赤くなる。できれば、そんなことを訊かないでほしかった。

「なるほど……」

そう言いつつ、彼がビアンカの答えに驚いていることは判った。やはりそこまで追いつめられているとは思わなかったのだろう。

「それでも、君に縁談は来ただろう？　親戚《しんせき》に世話をする人くらいいたんじゃないか？」

「でも……わたしは結婚したくなかったし」

「不思議だな。それが判らない。お兄さんにしてみれば、君が働くより、金持ちに嫁いでくれたほうがよかっただろう」

「兄はわたしの気持ちを判ってくれたわ。だから、親戚がちょうど家庭教師を探している家を知っていると言うから仲介を頼んで、家を出たの」

それくらいしか、兄のためにわたしができることはなかったから。

「それから家庭教師をすることになったんだな……」

彼が言葉を濁したのは、ビアンカがそこで無実の罪を着せられたと今は知っているからだ。

「本当のところ、そこで何があったんだ？　教えてくれないか？」

彼がそんなに下手《したて》に出るとは思わなかった。再会してから、ずっと高圧的に何もかも決めつけられていたから、事情を聞いてくれるのは少し嬉しかった。

「最初は家庭教師という仕事を楽しんでいたわ。だけど、そこの主人が奥様と喧嘩《けんか》して以来、お酒を飲むようになって、何かとわたしに破廉恥《はれんち》な言葉をかけてきたり、身体《からだ》に触れてきたから、絶対に二人きりにならないように気をつけていたの。でも、ある夜、寝室に押し入ってきて……」

「なんだって？」

彼は怒りをたたえた表情になった。食事中に話すようなことではなかったかもしれないと思ったが、今更やめられない。それに、自分は確かに無実なのだということを知ってほしい気持ちもあった。

「悲鳴を上げたら、奥様が来てくれて、わたしは助かったと思ったわ。だけど、そこの主人はわたしが誘惑してきたんだと言うし、奥様はそれを信じて、出ていくようにって……」

「君一人が悪いということになれば、家庭円満なふりができるからな。そこを出てから、ドナのところへ来たのか?」

「紹介状をもらえなくて……。また親戚に頼ったわ。これっきりだと念を押されて、ドナを紹介してくれたの」

ドナのところを追い出されたときに、紹介状をもらえなかったら、職に就《つ》くのは難しかっただろう。また親戚に頼ったら、嫌な顔をされたに違いないからだ。

貧しくなった親戚というものは、人によっては縁を切りたいものだ。二度も仕事を紹介してもらえたのだから、感謝しなければ。父が借金を残して亡くなってからというもの、世の中はとても厳しいものだと実感している。

それでも、ビアンカはまだましなほうだ。もっと厳しい現実に喘《あえ》いでいる人間はたくさんいるのだ。同じ仕事でも、家庭教師や付き添い役はまだましなほうだ。雇い主によっては、こうして同じテーブルで食事をすることを許される場合もある。

「君は正直に家庭教師をしていたときのことをドナに話したんだな?」

「もちろんよ」

「親戚の紹介だったんだろう?　君が黙っていれば、ドナはそんなことまで知らなかったかもしれない」

彼の指摘に、ビアンカは顔をしかめた。

「嘘《うそ》をつくことなんて、考えつかなかったわ」

ドナに仕事をするのは初めてかと訊かれて、事情を説明したのだ。確かに黙っていればよかったのだと、今気づいた。

そうすれば、宝石を盗んだと濡《ぬ》れ衣《ぎぬ》を着せかけられても、ドナはカサンドラの言うことを信じなかったかもしれないのに。

ドナはにっこり笑った。

「そこがビアンカのいいところなのよ。わたしが最初からそのことに気づいていれば、あなたを疑ったりしなかったのに。本当に馬鹿《ばか》ね」

「いいんです。もうそのことは……」

彼女に罪悪感を持たせたくて話したことではないのだ。ただ、家庭教師の一件について、オーウェンに話しておきたかっただけだ。

もちろん彼はわたしが無実だったってことは、もう知っているけれど。

ビアンカはあのときのことをまた思い出してしまい、なんとか別のことに気持ちを向けたかった。

「それより、お二人はどういうお知り合いなんですか？　まだ聞いていなかったと思うんですけど」

「オーウェンはマックスの学生時代の友人だったのよ」

マックスはドナの孫息子だ。ドナには息子が二人いたが、どちらにも先立たれ、マックスだけが近しい親族だった。しかし、マックスはビアンカがドナと出会う前に亡くなっていた。

「まあ……そうだったんですか」

「オーウェンはマックスが亡くなってからも、何度か訪ねてきてくれて、元気づけてくれたわ。それから手紙をくれたわね。とても嬉しかったわ」

オーウェンはドナと目を合わせ、微笑んだ。

「あなたは無理して元気そうに振る舞っていたけど、今にも倒れそうだったから……」

「孫息子まで失って、生きている甲斐《かい》がないと思ったの。でも、ビアンカが来てくれて、生活が変わったわ。最初は悲観的なことばかり言って、彼女を困らせていたのよ」

ドナはその頃のことを思い出したのか、クスッと笑った。

彼女が悲しみを乗り越えて、あのときのことを思い出しても笑えるようになったのだ。ビアンカが付き添い役としてドナの屋敷を訪れたとき、思ったものだ。彼女に必要なのは付き添いではなく、看護師ではないのか、と。

ドナはオーウェンのほうを向いた。

「ビアンカは本当にとても優秀な付き添いなのよ。でも、わたし、思うのよ。ビアンカは素晴らしい妻や母親になれるって」

まるでオーウェンにビアンカのことを売り込んでいるように聞こえる。オーウェンはドナに微笑みを返したものの、本心では苦々しく思っていることだろう。

「それを証明するために、彼女を社交界に引っ張り出すつもりなんですね？」

彼の言葉には少し棘《とげ》があった。

「まさか。証明する必要なんてないわ。ビアンカは間違いなくいい妻や母親になれます。わたしが保証するわ。あなたはそう思わないの？」

「そこまで彼女のことを知っているわけではないので。ただ……興味はあります。彼女が結婚したら、どんなふうに変わっていくのかについては」

ドナはにっこり笑った。

「そう思うでしょう？　だったら、ビアンカともっと話をするといいわ」

ビアンカは驚いて、ドナを見つめた。

どうやら、ドナはビアンカとオーウェンの仲を取り持とうとしているらしい。オーウェンがビアンカにたくさん質問をしたり、思わせぶりなことを言うから、ドナは誤解してしまったのだろう。彼がビアンカのことが気になるのだ、と。

彼がどうしていろんな質問をしてきたのか、その真意は知らないが、そういった意味の興味を抱いているのではないだろう。

オーウェンはわたしをまだどこかで疑っているんじゃないのかしら。

ドナの傍《そば》にいてもいい人間かどうかを……。

だから、わざわざここに訪ねてきたのだろう。質問もそのためのものかもしれない。

オーウェンはもったいぶった笑みを口元に貼《は》りつけて、ビアンカのほうをちらりと見た。

「では、そうさせてもらいましょうか」

彼が何を考えているのか判らないものの、その余裕ぶった態度がなんだか腹立たしい。

ビアンカのほうはもう彼と話したくなかった。それどころか、顔も見たくはない。彼を嫌っているからではなく、愛しているからこそ、自分のものにならないと判っている相手を近くで見たくなかったのだ。

甘美なひとときの後に、わたしを地獄に突き落とした人……。

どうして、わたしは彼を愛しているのかしら。

不思議だった。こんなにつらい思いばかり味わわされているのに、どうして……？

しかし、そんなビアンカの葛藤《かっとう》を、ドナは知るよしもなかった。夕食が終わり、居間でコーヒーを飲んでいる最中、彼女は急に頭痛がすると言い出して、そそくさと寝室に戻っていってしまった。ビアンカに、オーウェンをきちんと見送るようにと言い残して。

つまり、ビアンカとオーウェンが話す機会を作ってくれたというわけなのだ。

ビアンカは思わず溜め息をつく。それに気づいたオーウェンが眉《まゆ》を上げた。

「二人きりにはなりたくなかったようだな」

「だって……わたし達、もう話すことはないと思うの」

「そうかな。ところで、僕も改めて君を頭から疑ってかかったことを謝っておくよ」

ビアンカは顔を強張らせて頷《うなず》いた。謝ってもらったところで、あのとき傷ついた心は元には戻らない。

「もう……いいの」

「だからといって、君がドナを利用して、社交界に戻ろうとするのを許すわけにはいかないな」

やはり、彼はそう考えていたのだ。ビアンカの胸は痛んだ。

「わたしはドナを利用しようとはしてないわ。それに、わたしはドナに断ろうと……」

「だが、結局、彼女の言うとおりにすることにした。君にとっては好都合というわけだ。持参金も用意してもらい、これから金持ちの夫を探すんだな。三年前と同じように」

「わたしは……結婚したくないと言ったし、その気持ちは変わってないわ。ただ、ドナがあんなに楽しそうにしているから、その計画を壊したくなかっただけよ」

彼はビアンカの目をじっと見つめてくる。彼は何を考えているのだろう。いや、判っている。彼にとって、今もビアンカは金目当てで花婿を選ぶと思い込んでいるのだ。

三年前のサンダースとの婚約がなければ……。

そして、父がビアンカもそれを望んでいるなどと言わなければ……。

いや、だからといって、何かが変わるわけではない。彼は不実だった。そんな男性と結婚して、上手《うま》くいったとは思えない。

ビアンカは彼のことなど忘れてしまいたかった。もし何もかも忘れられる薬があったとしたら、飲みたかった。そうすれば、この苦しみから逃れられるだろう。

オーウェンはいきなり立ち上がった。もう帰るのかとビアンカも席を立とうとしたとき、彼が隣に腰を下ろしてきた。

「な、何……？」

彼に近づかれると、やはり胸がときめく。

馬鹿みたい……。わたしは彼に愛されてない。それどころか、嫌われているのに。

「君は本当に結婚しないつもりなのか？」

「ええ……」

「それなら、僕の愛人になればいい」

話がなんだか繋《つな》がっていない。ビアンカは意味が判らず、頭を振った。

「前にそれは断ったと思うけど……。今も同じよ。愛人なんてとんでもない」

彼は一瞬躊躇《ためら》った。だが、思い直したように微笑みかけてくる。

「あのときは君を困らせてやろうと思って、あんなことを言ったんだ。その……君に偏見を抱いていたからね。だが、今は違う」

本当にそうだろうかと、ビアンカは思った。彼はあのときも本気で言ったようだったし、その偏見は今も続いているようだった。

泥棒という疑いは晴れても、金目当てで老人と結婚するような女だと思っているのだ。

「君が僕の愛人になれば、当然、僕は君に援助をするし、もっと安楽な生活が送れる。結婚しなくても自分の家が持てて、使用人も雇えるよ。僕も君と同じで、今は結婚する気になんかなれないからね。僕達はいい付き合いを楽しめると思うんだ」

彼はそう言いながら、ビアンカの手を取り、指先にキスをしてきた。

いい付き合いですって？

唇の感触にドキッとしながらも、彼の言葉にはまったく納得できない。

それに、いくら結婚したくなくても、彼の愛人になるという選択肢はなかった。そういう暮らしをしている女性のことを、世間がどんなふうに思っているか知っている。兄に恥をかかせることになるし、だいたいドナになんと言うつもりなのだろう。

ドナはわたしに幸せになってほしいと言っているのに……。

わたしはオーウェンを愛してる。この身を捧《ささ》げたのは、そのためだ。けれども、愛人になって、幸せになれるとは思えないわ。

ビアンカは彼がそんな提案を自分にしてきたこと自体に、落胆していた。彼も昔はプロポーズしてくれたのだから、今の自分にもほんの少しくらいの好意は残っていると思っていた。だからこそ、ビアンカを抱いたのだと。けれども、それは勘違いだったのかもしれない。

愛人だなんて……。

昨日、わたしを引き留めようとしたのも、そういう話をするつもりだったのかしら。

「ビアンカ……」

彼は甘い囁《ささや》き声を出して、肩を抱き寄せた。

「は、離して……」

「昨日のこと……。僕は……僕達は……」

彼が何を言いたいのか判らないまま唇を重ねられる。ビアンカはたちまち昨日の出来事が頭に甦《よみがえ》ってきて、身体から力が抜けていく。

ダメだと判っているのに、彼のキスには抗《あらが》えない。キスが深くなるにつれて、ビアンカの理性は徐々になくなっていく。

しかし、彼のほうから、我に返ったように身を引いた。

「すまない。ドナの家でこんな真似《まね》はよくないな」

「そ、そうよ……。それに、わたしはあなたの愛人にはならないわ」

彼はビアンカの目を凝視する。

「本当に？　君が欲しいのは、昔のように……いや、昔以上の裕福な生活なんじゃないか？」

「違うわ……。わたしは平穏に暮らしたいだけ」

彼は肩をすくめ、立ち上がった。

「僕には信じられないな。人間はそんなに変わらないものだ。何年経《た》っても……。特に女性はね」

ビアンカは彼を見上げた。

彼は自分の母親のことを考えているのだ。彼はまだ子供の頃に見捨てられたことで、心を痛めているのだろう。

でも、わたしは違う人間なのに。どうして、わたしのことを信じてくれないの？

ビアンカは悲しくて仕方なかった。

「口でなんと言おうと、君はやはりドナの勧めに従って、結婚するんだろうな。今度は抜かりなく金持ちの夫を捕まえることだ。そして、ドナを利用するのは、それまでにしておいてくれ」

彼の心は母親によって捻《ね》じ曲《ま》げられてしまったのだろう。だからといって、ドナを利用していると非難されるのは嫌だった。

「わたしはドナがしたいようにさせてあげるつもりよ……。わたしのためでなく、ドナのために」

ビアンカは本音《ほんね》を言ったつもりだったが、彼はくるりと背を向けた。

「僕は帰る。だが、また来るよ。君を見張る必要があると思うから」

そう言いながら、彼は居間を出ていった。執事が彼に何か言葉をかけているが、ビアンカは彼を見送ろうとは思わなかった。

ずっと疑われているのは、あまりにつらくて……。

身体に力が入らない。ビアンカは疲れを感じていた。彼はあそこまで疑《うたぐ》り深いのに、どうしてビアンカを愛人にしたいのだろう。身体だけが欲しいのだろうか。

彼と会うたびに、心が揺れる。愛したくないのに、愛してしまう。

それに、今日はドナとの関係を知ってしまった。

彼は自分の祖母ではなく、亡き親友の祖母なのに、本気で心配している。ドナに向ける笑顔は本当に優しくて、あれは演技なんかではない。

だけど、そんな心優しき人がわたしには意地悪な真似をする。

ああ、どうしてなの？

扉が閉まる音がする。悲しくて胸が締めつけられるような気がした。

# 第四章　強引なプロポーズ

ビアンカがドナの許《もと》に戻ってから一ヵ月ほどが過ぎた。

オーウェンは馬車でドナの屋敷《やしき》に向かっていた。今日はドナとビアンカを散歩に誘うつもりだった。

ビアンカの様子を探るために、今まで何度もドナの屋敷を頻繁に訪れていたのだが、彼女がどうやら身ごもっていないことにほっとしていた。

彼女を抱いたとき、なんの避妊もしなかったから……。正直に言うと、彼女を抱くことに夢中で、それどころではなかったからだ。

ともかく、彼女はドナの助けを得て、今や美しいドレスを身にまとうレディとなった。彼女はドナに遠慮しつつも、結局は高価なドレスを作ってもらったし、それに見合う帽子や靴、小物など揃《そろ》えてもらっている。

とはいえ、ビアンカを連れて、颯爽《さっそう》と舞踏会に現れるドナを見ていると、これでよかったのかもしれないとも思う。マックスを失ったときのような打ちひしがれた様子はもうない。ビアンカを子爵令嬢だとみんなに紹介しているときのドナはとても誇らしげだった。ドナはビアンカを自分の付き添い役だとは言わない。『世話をしているお嬢さん』だと言い、社交界ではドナの相続人ではないかと噂《うわさ》されていた。

実際、そうかもしれない。ドナはビアンカを一度疑ってしまったことから、余計に彼女に入れ込むことになっていて、持参金まで用意すると言っているのだから、自分の財産を彼女に残すのは間違いないだろう。

ひょっとしたら、彼女はそれで結婚しないと言っているのではないだろうか。結婚する必要などないから。

オーウェンはそんな疑いを抱いていた。

だが、舞踏会で、ビアンカが何人もの男性にダンスを申し込まれ、楽しそうに踊っているのを見ると、嫉妬《しっと》を覚えた。

確かにビアンカが欲しいとは思っている。愛人にしたい、と。しかし、嫉妬を覚えるのは埋屈に合わない。彼女が金目当ての女なら、そこまで執心する価値はないからだ。

でも、彼女は本当に金目当てなのか……？

三年前は確かにそう思った。そして、再会してからも、ずっとそう思い込んでいた。今になって、自信がなくなってくる。

彼女がドナを見つめる眼差《まなざ》しはとても優しい。

本心から彼女を慕っているようにしか見えない。けれども、三年前も彼女に騙《だま》されたのではないだろうか。彼女は本気で愛していると言ったようにしか見えなかったからだ。ひょっとしたら、彼女自身は金目当てではなかったのかもしれない。当時、父親に多額の借金があったのだ。だとしたら、彼女は父親のために大富豪の老人に嫁ぐことにしたと考えられなくもない。

ただ……それならどうして、僕に気があるふりなどしたのだろう。

薔薇色《ばらいろ》に頰《ほお》を染めて、愛していると囁《ささや》き、柔らかい唇をおずおずと差し出した。オーウェンは十七歳のときのビアンカを思い出し、身体《からだ》が熱くなりかけて狼狽《ろうばい》する。いや、自分はただ彼女をまた抱きたいだけだ。愛してなどいない。あのときの自分は若くて、愛と欲望を取り違えていただけだ。

でも、今は違う。女のことなど誰も信じない。もちろんドナは別だが。

ビアンカは自分が思い込んでいたような悪女ではないかもしれない。だからといって、信頼に値《あたい》するとまでは言えない。ドナのように、簡単に信じることはできないのだ。

ただ……。再会した直後から、オーウェンの気持ちはずいぶん変わっていた。

彼女は他人の夫を盗んだわけではなく、宝石も盗んでいなかった。それなら、金目当ての女というのも事実ではないかもしれない。

その可能性はあると思って彼女に接するほうが公平というものだ。

オーウェンはたまに舞踏会でビアンカを強引に誘い、ワルツを踊った。彼女は嫌がりながらも、手を握っただけで身体を震わせる。それは彼女がオーウェンを欲しがっているからだと思う。

愛人にならないと言っていても、本心は抱かれたがっている。

だからこそ、僕は諦《あきら》めきれないのかもしれない。

いっそ、結婚を申し込んでみようか。

そんな考えが浮かんでくる。彼女がどうしても愛人が嫌だというなら、そうするしかない。結婚すれば、ドナは喜ぶだろう。加えて、彼女がこれ以上、ドナを利用するのを止められる。ドレスなど、自分なら何枚も作ってやれるからだ。

そして、一番重要なことは……。

彼女を他の男に奪われたくないからだ。

他の男に抱かれてダンスをしているだけでも嫉妬をするのに、もし彼女がプロポーズされて、それを受けてしまったら……と思うと、とても我慢ができない。

彼女にキスしてもいいのは僕だけだ。彼女の身体に触れていいのも、ベッドに連れ込むことができるのも、絶対に僕だけだ。

傲慢《ごうまん》と言われようと、オーウェンはそう決めていた。

けれども、彼女と結婚すれば、いずれ子供ができる。彼女は子供にどんな仕打ちをして、悲しませるだろう。僕のように母に見捨てられる子供はつくりたくない。

だから、ビアンカの人間性をきちんと見極めたかった。愛など信じないが、もしドナにするように自分の子供にも優しくできるようなら、プロポーズしてもいい。彼女は結婚しないと言い張るかもしれないが、ドナを喜ばせるためという名目を与えればいいだけだ。

馬車がドナの屋敷の前に着いた。オーウェンは馬車から降りて、玄関の扉を叩《たた》く。執事が出てきて、オーウェンの顔を見ると、礼儀正しく微笑《ほほえ》んだ。

「侯爵様、こちらへどうぞ」

顔見知りの執事はオーウェンをすぐに居間に通そうとする。ドナにとって、自分は家族同然だからだ。

居間にはビアンカがいた。ソファに座り、深刻そうな顔をして、手紙を読んでいる。

「ビアンカ、どうしたんだ？」

声をかけると、彼女は飛び上がるようにして驚いた。

「オーウェン！　どうしたって……どういうことかしら」

彼女は慌てたように手紙を畳み、封筒の中に入れた。そして、ドレスのポケットに仕舞いこむ。

「いや……。何か嫌な手紙だったのかと思ったんだ」

「別にそうじゃないわ。その……友人からの手紙なの」

友人からの手紙なら、もう少し楽しそうにしていてもおかしくないだろう。

ふと、オーウェンの心に疑いが忍び込んできた。どういう『友人』なのだろうか。ひょっとして、相手は男なのかもしれない。彼女にはもしや秘密の恋人がいるのではないか。

だが、彼女はオーウェンが抱くまで純潔そのものだった。それを思い出し、少しほっとする。少なくとも、肉体は誰のものでもない。

いや、僕のものだ。他の男のものになるのを、指をくわえて見ているわけにはいかない。

「友人というのは、君の崇拝者のものかい？」

「崇拝者？　まさか……そんな……」

そう言いながらも、彼女は頰を赤く染めた。ますますオーウェンの疑惑は深まった。

彼女が行く舞踏会には、なるべく顔を出すようにしている。彼女に頰を赤らめさせるような男は、一体誰だろう。

ビアンカが踊った男達の顔を思い浮かべる。彼女がドナの相続人だという噂があるため、中には持参金目当ての男もいた。彼女は気づかないかもしれないが、オーウェンはどこの誰が裕福ではないのかを知っていた。というより、調べていた。

彼女を訪問する男がいることも知っている。オーウェンはたまたまここに来たときに、そういう男と出くわしたときには、絶対に邪魔することにしている。ドナには文句を言われるが、自分は間接的に彼女を守ってやっているのだ。

ビアンカが金目当ての男に騙されないように守っているとは、ずいぶん皮肉な話だが。

しかし、さすがにオーウェンも毎日、ここに来るわけではない。どこの誰がビアンカに会いにきているのかまでは判《わか》らないし、彼女がそういった男達に言い寄られて、どんなふうに思っているかは判らなかった。

熱い手紙のやり取りをしているかもしれないし、どこかでひそかに会っているかもしれない。そう思うと、胸が焼けつくような痛みを感じた。

また僕は嫉妬している。彼女が他の男と密会しているところを想像しただけなのに。

オーウェンは咳払《せきばら》いをして、ビアンカの前の椅子《いす》に腰を下ろした。

「今日は君とドナを公園に誘いにきたんだが」

すると、後ろからドナの声がした。

「あら、オーウェン！　公園ですって？　嬉《うれ》しいわ」

ドナが居間に入ってきて、オーウェンに微笑みかけてきた。

「わたし達、早速出かける用意をしなくちゃね。オーウェン、少しお待たせするけど、楽にしていて」

「どうぞごゆっくり」

ビアンカはぎこちなく立ち上がると、ドナと共に居間を出ていった。オーウェンは立ち上がると、窓から中庭のほうを眺めた。そして、ビアンカがどんなドレスを着てくるのかを、想像する。

彼女はレディのようなドレスを着ると、本当に美しくなる。いや、どんなドレスを着ていても、あるいは何も身にまとっていなくても美しい。

やはり、彼女を誰にも渡したくない。

結婚するしか道がなかったとしても、そうすることで彼女を自分のものにできるなら、それでもいいような気がしていた。

ビアンカは広い公園でオーウェンがドナに腕を貸し、紳士として完璧《かんぺき》にエスコートしているのをすぐ後ろから見ていた。

彼のそういうところが好きなのだ。三年前には彼にそういう面があるのを知らなかった。今もそれほど彼について知っているとは言えないかもしれないが、親友の祖母を大切にしているということだけでも、彼の優しさを証明できる。

できることなら、わたしにも同じくらい優しくしてほしいけれど……。

高望みはしない。彼は愛人になってほしいなどと言ってきたし、その程度にしか自分を見ていないのだ。だから、ビアンカは彼に対する気持ちをじっと抑えていた。

もちろん抑えていたところで、彼を愛していることには変わりはない。彼を忘れたくても、いつも目の前に現れるし、そうでなかったとしても、そう簡単には忘れられなかった。

だって、わたしの初めての人だから。

思い出すたびに、胸がキュンとなる。あの後の彼の言動を思い出すとつらい気持ちになるが、抱かれたことだけは宝物のように心の奥底に仕舞っていたい。

オーウェンがふと後ろを振り向いた。目が合い、ドキッとする。

彼はビアンカに微笑みかけてきた。

「今の君は付き添いじゃないんだから、後ろに控える必要はないんだよ」

「でも……」

ドナも優しく口添えする。

「オーウェンの隣を歩くのよ。あなただけを仲間外れにしたくないわ」

ドナの優しさにほろりとくる。確かにドナはもうビアンカを付き添いとしてではなく、完全に自分の親戚《しんせき》の娘のように扱ってくれている。何度も固辞したのだが、ドレスを何枚も作ってくれたし、なんとビアンカ付きの小間使いも用意してくれた。

今までしていた彼女の身の回りの世話はさせてもらえるようにしているものの、着替えなどの細々とした手伝いは、新たに任命された彼女付きの小間使いがしている。

ビアンカは自分がそんな扱いをされるのは、あまりにも申し訳ない気がしたが、ドナは頑固にもそうすると言って、譲らなかった。オーウェンの目にはどう映っているのだろう。やはり自分がドナを利用しているように思っているのだろうか。

だから、何かというと、ドナの屋敷を訪問するのかもしれない。それにしては、最近の彼の眼差しは険があるものではなくなっていた。どちらかと言えば優しい。前のように辛《しん》辣《らつ》なことも言わなくなった。ドナの前だけでなく、二人でダンスをするときもそうだった。

ビアンカはおずおずとオーウェンの隣を歩いた。ここは社交場でもあるので、多くの上流階級の人々が歩いている。たくさんの建物があるロンドンでも、こうした公園には木々が生い茂り、憩いの場になっていた。

彼はドナだけでなく、ビアンカにも話しかけてくる。

「君はオペラが好きかな？」

「ええ……。一度しか行ったことがないけど」

それはまだ社交界にデビューしたばかりの頃のことだった。兄夫婦に連れていってもらったのだ。夢のようなひとときを味わい、ビアンカは物語のヒロインになったような気分になったものだった。

「今度、君達を誘っていこうと思っているんだが」

「まあ……素敵ね」

そう言いながら、ちらりと彼の顔を見た。彼はいつもドナと一緒にビアンカも誘ってくれる。だが、本音はビアンカなど邪魔だと思っているのではないだろうか。彼が誘いたいのはドナ一人で、ビアンカのことは仕方なく誘っているのかもしれないと思ったのだ。

しかし、オーウェンはビアンカを馬鹿《ばか》にするような目つきはしていなかった。それどころか、本心で誘っているかのような真面目な表情をしている。

「あの……いつもいろんなところに誘っていただいて、嬉しいわ」

動物園や植物園、それから買い物にも連れていってくれたこともあった。正直、しょっちゅう顔を合わせているのだが、ビアンカは彼に対してぎこちない態度しか取れなかった。彼は普通に接してくれているから、自分ももっと自然にしていたいのだが、妙に意識してしまう。

これもそれも、彼のことをまだ愛しているからなのだ。自分が愛人になるのを断ったから、彼のほうはもうなんとも思っていないのかもしれない。だからこそ、こんなふうに紳士的な態度で何事もなかったかのように振る舞っているに違いなかった。

それはそれで、ビアンカは悲しかった。

だって、わたしはこんなに苦しんでいるのに……。

本心を言えば、もっとこちらを見てほしいし、もっと優しくしてほしい。できることなら、愛してもらいたい。それは無理なことだと判っているけれど。

ビアンカの心は複雑だった。彼がこうして自分達をあちこち連れ出してくれるのは嬉しいが、同時にそれが悩みの種でもあった。

ドナはベンチを見つけて、座りたがった。歩いたので疲れたのだろう。彼女はベンチに腰を下ろすと、ビアンカとオーウェンに向かって言った。

「わたしはここで休憩しているから、あなた達は二人で散歩するといいわ」

ビアンカの頬は赤くなる。ドナはまだ自分とオーウェンをくっつけることを諦めていないのだ。オーウェンがこうしてよく自分達を誘うために、屋敷を訪れるからだろう。

「ドナ、わたしはあなたの傍《そば》にいるほうがいいわ」

「何を言っているの。若い人同士のほうがいいに決まっているじゃないの。……ああ、でも、遠くに行ってはダメよ。わたしはあなたのお目付け役なんですからね」

令嬢にはお目付け役のような女性がいて、男性と羽目を外さないように見張られているのだが、ドナがビアンカのお目付け役だというのは、なんだかおかしい。

「違うわ。わたしがあなたの付き添い役なんですから……」

彼女を説得しようとしていたが、オーウェンに手を握られて、ドキッとする。

「ビアンカ、ドナの望むようにしてあげよう」

「そうよ、ビアンカ。わたしがそうしてほしいの」

そこまで言われると、意地を張ることはできない。ビアンカはオーウェンの腕に手をかけて散歩する羽目になった。

「まったくドナは何を考えているのかしら」

「何を考えているか、一目瞭然《いちもくりょうぜん》じゃないか。僕達の縁結びをしたいに決まっている」

「あなたはそれを判っているのに、いつもドナの屋敷に来るの？」

「別に来て悪いことはないだろう？　ドナは喜んでくれている。僕はドナが元気になれるなら、それでいいと思っている。君はどうなんだ？」

彼の口振りでは、ドナのためならビアンカに興味があると思われても構わないようだ。

結局、彼はドナだけが大切なのね……。

判っていたことだが、自分はドナのおまけのようなものに過ぎないのだろう。しかし、ビアンカもドナのために社交界の催《もよお》しに顔を出しているのだ。

もちろん綺麗《きれい》なドレスを着て、ダンスをするのは楽しいものだが、自分の家族の噂話をしている人々がいるのも知っている。聞こえよがしに父について言われたこともあるし、面と向かって、どうして社交界に顔を出せるようになったのかと訊《き》かれたこともある。

だから、ビアンカにとって、いいことばかりではない。それでも、ドナが生き生きと舞踏会に出かけるのを見たら、何も言えなかった。

それと同じように、オーウェンも本当はビアンカの顔も見たくないと思っているのかもしれない。しかし、ドナを喜ばすためなら、ビアンカと会うことも、二人の仲を誤解されることも仕方ないと思っているのだろう。

「わたしだって、ドナのためならなんだってするわ。父を亡くしてから、わたしにこんなに優しくしてくれたのは、家族以外ではドナだけだもの」

一番優しくしてほしい人は隣にいる。しかし、それは口にできなかった。

オーウェンを愛しているのは、わたしだけの秘密だわ。

誰にも知られたくない。中でも、彼本人にだけは知られたくなかった。嘲《あざけ》られたり、再び愛人になれと言われるのは嫌だからだ。

「それなら、少しくらい仲のいいふりをしてみてもいいだろう?」

「仲のいいふり……?」

「よそよそしい態度を取らない。ぎこちなく笑うのもよくない。僕の目をちゃんと見て話す。……こんなところかな」

ビアンカは彼にそんなに観察されていることを知り、頬を染める。

「でも、ドナにあまり期待させるのもよくないと……思うの」

「どうして?」

「え、だって……」

期待させても、その先には何もないのだ。ドナを騙すのはよくないことだ。

オーウェンは木の下で立ち止まり、ビアンカのほうを向いた。ドナが休んでいるのは見えるが、二人の会話は聞こえない位置だ。

彼はビアンカの目をじっと見つめ、頰にそっと触れてきた。彼の手の温かさを頰に感じ、身体がカッと熱くなってくる。

「もしドナの期待どおりに、僕が行動したとしたら？」

「なんですって？　ドナの期待どおりって……」

彼がもう一度、わたしにプロポーズするってこと……？

いいえ、そんなはずないわ。彼はそこまでしない。だって、彼は結婚したくないと言っていたもの。

「僕はドナが喜ぶことをしたい。それだけだ」

「わ、わたしも……」

彼はにっこり笑った。その笑顔に、ビアンカの胸はときめいてしまう。

でも、彼はわたしのために微笑んでいるわけじゃないのよ。

今すぐドナに本当のことを告げて、謝りたい気持ちもあるが、彼女がそのことで元気をなくすのが怖かった。

いつまでも元気でいてほしいから……。

「さあ、ドナのところに戻ろうか」

オーウェンは何事もなかったかのように言う。

一瞬、ビアンカはもっと二人きりでいたいと思った。だが、そんなことを願うべきではない。

わたしとオーウェンはただの……。

自分達の間には一体何があるのだろう。恋人とも言えないし、友人でもない。知り合いと呼ぶには、親密なことも許してしまっていた。

ドナを誤解させたまま、苦しい想《おも》いは胸に秘めていなくてはならない。

ただでさえ、大変なのに。

ビアンカは届いた手紙のことを思い出していた。

オーウェンには咄嗟《とっさ》に友人からの手紙だと言ったが、本当は兄のトレヴァーからだった。トレヴァーはロンドンの宿に泊まっていて、ビアンカが来るのを今も待っている。

本当は散歩に出かけている場合ではないけれど……。

トレヴァーはお金を貸してほしいと言っている。お金に関することは、ビアンカはオーウェンには絶対知られたくなかった。もし知ったら、再びビアンカに悪いイメージを持つだろう。今でさえ、彼にどう思われているのか判らない。これ以上、彼に蔑《さげす》まれたくない。

ビアンカの悩みは尽きなかった。

トレヴァーがお金を貸してほしいとビアンカに頼むことになったのは、彼の末の娘であるロッティが病気になったからだった。

その病気を治すための診察代と薬代が欲しいのだ。命に関わる病気で、ロッティは日に日に痩《や》せているのだそうだ。

『こんなことをおまえに頼めた義理ではないことは、重々承知している。ロッティのために、なんとかお金を貸してくれないだろうか』

トレヴァーは必死だった。本当なら、ビアンカに頼みたくなかっただろう。彼にもプライドがあるからだ。だが、そんなことにこだわっていられない症状なのだ。

彼は言う。なんとかお金の都合をつけて、なるべく早く宿に持ってきてもらいたい、と。

ビアンカはロッティをいつも可愛《かわい》がっていた。彼女を救うためなら、自分でできることなら、なんでもしたいと思っていた。少しばかりの蓄えをすべて差し出すことも構わない。

ただ……トレヴァーが頼んできたのは、そんな蓄えではとても足りない金額だった。

ビアンカは誰かに頼むしかなかった。そして、その相手はドナしかいなかった。こんなによくしてもらっているのに、この上、お金を借りようとするなんて……。良心が痛んだが、他に方法がなかった。悩んだ末、翌日、ビアンカはドナに事情を打ち明けた。

ドナは心配そうにロッティのことを気遣ってくれた。

「小さな姪《めい》っ子さんが病気なのね。それは大変だわ。もちろんすぐに小切手を書くわ」

彼女はすぐに小切手にサインをした。

「わたしも兄もなかなかお返しできないかもしれませんが……いつか必ず……」

そう言いつつも、本当はどうやって返していいか判らない。ドナからはまだ給金をもらっているものの、それももらうべきではないものなのだ。

だって、わたしは付き添い役をしているとはもう言えないもの。

何もかも彼女の世話になっていて、心苦しい。この上、返せないほどの多額の現金まで借りようとしているのだ。

「いいのよ、ビアンカ。わたしだって、小さな女の子が助かるなら、惜しくないわ」

ビアンカは彼女に何度もお礼を言った。そして、その小切手を持って銀行へ行き、換金して、自分の蓄えと一緒に宿へ持っていった。

トレヴァーがいたのは薄汚れた宿の小さな部屋だった。彼はビアンカが来るのを待ち侘《わ》びていたようで、お金を手にして、涙を流さんばかりに喜んだ。

「これでロッティは助かるかもしれない。ビアンカ、僕達はおまえを追い出したも同然なのに、こんなによくしてくれて……」

「お兄さん達は止めてくれたけど、わたしが働きに出ると言ったのよ。でも、働いていたから、このお金を借りられたんだわ。それでロッティが助かるなら……」

トレヴァーは顔を曇らせた。

「助かる保証はないんだ。ただ、いい医者に診《み》せないことには、どうにもならないことだけは判っている。ロッティをロンドンに連れてくるから、今度会ってやってくれ」

「もちろんよ。わたしのこと、覚えているかしら」

彼はにっこり笑った。

「おまえが手紙と一緒にお菓子やおもちゃを送ってくれるから、子供達はみんなおまえのことが大好きなんだ」

「嬉しいわ。わたしも会いたい……」

可愛い甥《おい》や姪とはもう二年も会っていない。ずいぶん大きくなったことだろう。自分は結婚しないつもりだったし、子供も持てないだろうから、ビアンカにとって甥や姪は自分の子供同然の存在だ。

「いつでも戻ってきていいんだぞ。僕達はおまえが働きに出るのは反対だったんだし」

「いいの。わたし、お金を返さなくてはならないから」

「ああ……そうだった。僕もなるべく早くお金を作るようにするよ」

「それより、今はロッティのことに集中して。お金のことは……わたしがなんとかするわ」

どうしたらいいのか判らないが、今はそう言うしかなかった。ただでさえ病気の子供を抱えているのは大変なのに、借金のことで頭を悩ませてほしくない。

「ありがとう。ビアンカ……本当に。おまえの雇い主にも手紙を書くよ。本当は会ってお礼を言いたいが、娘の治療代も出せない自分が情けなくて……」

トレヴァーはビアンカの手を強く握って、感謝する気持ちが強いことを伝えてくれた。

何度も縁談があったのに、ビアンカは断り続けていたが、それでもトレヴァーとティルダは無理強《むりじ》いすることなく優しくしてくれた。

だから、これはほんの恩返しだ。そして、ロッティを助けたいという気持ちの証《あかし》だった。

彼はすぐにもここを発《た》つという。ビアンカはドナから借りた馬車で、トレヴァーを駅まで送った。列車に乗る彼を見送ってから、すぐにドナの屋敷に戻る。

兄に会って、すぐ帰るつもりだったのに、遅《と》くなってしまった。馬車から降りると、ドキッとする。オーウェンの馬車がすぐそこに停まっているのが見えたからだ。

いつからオーウェンは来ていたのだろう。ドナはビアンカがいないことについて、彼にどんな説明をしたのか。

もし、わたしがドナからお金を借りたことを知られたら……。

彼から非難されることを想像すると憂鬱《ゆううつ》になってくる。彼はドナを利用することは許さないと言っていた。お金を借りたのは姪のためだが、理由はどうあれ、自分は確かにドナを利用したのだ。それは否定できない。

ああ、でも、自分のためなら絶対に借りたりしなかった。彼には判ってもらいたい。

以前は露骨にビアンカをお金目当てだというふうに見ていた。しかし、最近はそんなことがなかったかのように優しく接してくれるようになっていたのだ。

ビアンカは一縷《いちる》の望みを抱いた。

理由を知れば、彼も無闇《むやみ》にわたしを疑ったりしないかもしれない。

そう信じて、屋敷に入る。執事はオーウェンが居間にいることを教えてくれた。

居間には、オーウェンとドナが和《なご》やかに話している。不穏な空気は見当たらず、ビアンカはほっとした。

「ただいま戻りました」

声をかけると、彼らがこちらを見る。ドナはいつものとおりだが、オーウェンは違う。刺すような視線で見つめられ、ビアンカは狼狽《うろた》えた。

やっぱり彼はわたしを疑っているんだわ……！

絶望がビアンカを襲う。いや、それは間違っている。彼は元々、ビアンカをそんなに信じてはいなかったのだ。希望を抱いた自分が悪いに違いない。

ドナはにこやかに微笑んだ。

「お兄さんは喜んでくれたかしら」

「はい……。ドナ、本当にありがとうございます。兄もあなたにとても感謝していました。すぐに帰ると言うので、駅まで見送りにいったんです。お金はなるべく早く返したいと言っていましたが、しばらくはロッティの治療にかかりきりになると思うので……」

「いいのよ。可愛い姪っ子さんはロッティという名前なのね」

「ええ。いずれロッティを医者に診せるためにロンドンに連れてくるらしいので、よかったらそのときに会っていただけませんか？」

「もちろんよ！　小さな子供は大好きだわ。何歳なの？」

「四歳です。ロッティが二歳のときに家を出たから、わたしのことは『お菓子を送ってくれる叔母ちゃん』と思っているみたい」

「まあ……」

ドナはオーウェンのほうに目を向けた。

「ほら、ビアンカはとても家族想いなのよ。あなたはちょっと疑《うたぐ》り深いわよ」

ビアンカはオーウェンが彼女に何を言ったのか、想像がついた。きっとドナに利用されていると忠告したのだろう。

でも、そう思われても仕方がないわ……。

ドナに何もかも世話になっている今では、自分でもそんな気がしてくるくらいだ。綺麗なドレスを買ってもらったのも、舞踏会でダンスをするのも、ドナを喜ばすためだったが、同時に自分も楽しんでないとは言えない。

その上、多額の現金を借りたとなると、ますます怪しいだろう。もしビアンカがオーウェンの立場であれば、やはり疑ったと思うのだ。

オーウェンはドナに笑いかけた。

「そうですね。僕はちょっと警戒心が強いんです。昔、金目当ての女に騙されたことがあってね」

ビアンカの身体はさっと強張《こわば》った。彼が言っているのは、恐らくビアンカのことだ。当《あ》て擦《こす》りを言うということは、笑顔とは裏腹にビアンカを疑っているということなのだ。

彼は手の届かないところにいる人だと判っていても、しばらくの間、少し優しくされていたからこそ、再び突き放されたことが悲しかった。

でも、わたしを信じてほしいなんて、とても言えない。

信じられるだけの証拠が彼にはないからだ。

オーウェンはゆっくり立ち上がった。

「ビアンカに謝りたいから、彼女を外に連れていってもいいですか？　すぐ戻りますから」

許可を求められたドナは、わざと厳《いか》めしい表情をつくって頷《うなず》いた。

「いいでしょう。言うまでもないことだけど、若い娘さんなんだから、二人きりになるのはほんのちょっとだけよ。すぐに戻るのよ」

念を押したものの、それは今更だった。ビアンカは彼の屋敷でメイドとして働いていたのだから。

「判っています。さあ、ビアンカ……行こうか」

オーウェンはビアンカの手を握ったが、目だけは鋭かった。ビアンカは逃げてしまいたいと思ったものの、逃げたところで解決にはならない。

まさか、ドナの屋敷から出ていくようにと言うつもりだろうか。だが、ビアンカはドナから気に入られている。そこまではしないと思うが、判らない。

ビアンカは不安な思いを抱えて、今度はオーウェンの馬車に乗り込んだ。


馬車が動き出したが、オーウェンは腕組みをしてビアンカを睨《にら》むだけで無言だった。

「あの……どこに向かっているの？」

「僕の屋敷だ」

ビアンカは目を見開いた。ひょっとして、またビアンカをメイドとして働かせるつもりなのだろうか。

「でも……」

「話は屋敷に着いてからだ」

彼はきっぱり言うと、唇を引き結ぶ。ビアンカは仕方なく窓の外に視線を向ける。彼に睨まれていることは判っているものの、話をすることを拒絶されたのだから、他に方法はなかった。

屋敷に着くと、ハウスメイドとして懸命に働いていたことを思い出す。

そして、あの最後の日にあったことも……。

執事はビアンカを見て、驚いていた。以前、訪れたときとは格好が違うからだろう。舞踏会で着るような派手なドレスではないものの、外出着ではあったし、上流階級の令嬢そのものの姿だ。

「書斎で大事な話をするから、しばらく邪魔はしないでくれ」

オーウェンは執事にそう言うと、ビアンカを書斎に連れていった。

書斎にはいろんな思い出がある。ビアンカはハウスメイドとして、ここを掃除したこともある。だが、一番の思い出はキスをされたことだ。

急にこの屋敷であったことが頭に甦《よみがえ》ってきて、ビアンカは苦しくなってきた。彼はどういうつもりで、自分をここに連れてきたのだろう。いや、彼はビアンカがこんな気持ちでいることには気づいてないのだ。だから、仕返しのつもりではないだろう。

彼はビアンカの後から書斎に入り、鍵《かぎ》をかけた。はっとして振り向くビアンカに、彼は近づいてくる。

「僕はドナを利用するなと言ったはずだ！」

いきなり激しい口調で言われて、ビアンカは息を呑《の》み、ドキドキする胸に左手を当てた。

「でも……仕方なかったの。ロッティの病気を治すためにはお金がかかる。わたしはとてもそんな大金を持っていなかったから……」

「ロッティね。君は本当にお兄さんにそのお金を渡したのかな？」

軽蔑《けいべつ》したように言われるが、ビアンカは訳が判らなかった。

「もちろんよ。兄でなければ、誰に渡すと言うの？」

「ひそかに秘密の恋人でもいたんじゃないか？　その恋人は金に困っていて、ドナから借りてこいと言って……」

ビアンカはカッとなって、彼の頬を平手で打とうとしたが、腕を摑《つか》まれた。

「痛いわ……！」

「僕を叩こうとするからだ。図星を指されたから、怒っているんじゃないか？」

「そんなわけはないわ。わたしに秘密の恋人なんていないし、詐欺《さぎ》みたいなこと、するはずないじゃないの！」

「さあ、どうだろう。騙すのは得意じゃないか」

彼に嘲られて、ビアンカは泣きたくなってしまった。まさか、身に覚えのないことで糾弾されるとは思わなかった。

「本当よ。兄に渡したわ。兄はなるべく早く返すと言っているし、わたしだって……」

「じゃあ、耳を揃えてすべて返せるんだな？」

「それは……もちろん……なんとかして……」

ビアンカは口ごもった。返す気はある。返したいと思っている。しかし、現実的に考えて、すべて返すのはかなり大変だ。兄は子供を育てなくてはならないし、ビアンカの給金はドナからもらっているものだ。それに、今は大して働いてもいなかったから、小遣いをもらっているも同然なのだ。

そのお金をドナに返すというのも、やはり変な話だ。それなら、ドナの許を去るべきなのだろうか。いや、それもできない。ドナが喜ぶ形にしなければならなかった。

オーウェンは軽い溜《た》め息《いき》をついた。そして、静かな口調で言う。

「判った。僕が代わりに返そう」

「あなたが？　でも……」

「ただし条件がある。君がいつまでも彼女にたかるのを許すつもりはない」

彼はビアンカの腕を掴んだままソファに連れていき、腰を下ろした。隣に彼の身体の温《ぬく》もりを感じて、ドキッとする。

でも、条件ってなんなの……？

やはり、ドナの屋敷を出ていけということなのだろうか。彼女に会えないことはつらいが、彼女との縁が切れれば、オーウェンとも会えなくなる。

彼と会うのはつらいが、会えなくなるのはもっとつらい。

だが、それも仕方のないことかもしれない。いくらロッティが病気でも、兄がそのことで困っていたとしても、オーウェンは信じてくれない。それに、ドナを利用していることには違いがなかった。そのことについては、反論できない。

そして、お金を全額返すことができるかどうかも判らない。

「できるだけ……いいえ、きっと返します」

「ドナは君から金を受け取らないだろう。どのみち、ドナは君に財産を残すようだし、結局、君はドナから大金をもらったことになる。誰に渡したかは知らないが……」

「そんな……！」

「それとも、金持ちの男と結婚するかい？」

ビアンカは何も言えなかった。

確かにお金を返す方法はひとつだけあった。しかし、それはできなかった。愛してもいない男性と欲得ずくで結婚するなど、あり得ない。家族のためにそうすることを決意したこともあったが、あれは男女の営みなど何も判っていなかったからだ。

今は無理よ……。

他の男性に触れられたくないのだ。

ビアンカはギュッと目を閉じた。

「条件は……なんですか？」

オーウェンの手がビアンカの肩を抱く。彼はそっと囁いてきた。

「僕が君を欲しがっているのは判っているだろう？」

ビアンカは愕然《がくぜん》とした。

彼は借金を払ってやる代わりに、愛人になれと言っているのだ。

「そ、そんなことはできないわ……。お願い。無理よ」

「何故《なぜ》だ？　無理なんてことはないさ。こうしていると……君の身体が震えているのが判る。これは……怖いからじゃない。僕に関心があるからだ」

確かにそうだが、ビアンカは認めるわけにはいかなかった。ただ黙って、じっとしている。そうすれば、嵐《あらし》が勝手に通り過ぎていくかのように。

ビアンカは追いつめられていた。

わたしは愛人にされてしまうの？

でも、もしそれをドナが知ったら、どれほど悲しむことだろう。それとも、彼はビアンカをどこか田舎《いなか》の家で囲うつもりだろうか。

そのうち、わたしは飽きられて、ほったらかしにされてしまうんだわ。彼はどこかの立派な令嬢と結婚して、子供をつくって……。

ビアンカはそんな想像をして、悲しくなってしまった。自分はそれほど悪いことをしたのだろうか。ドナにお金を借りたのは、彼に人生を弄《もてあそ》ばれなくてはならないほどの悪事なのか。

不意に、ビアンカは顎《あご》をくいと持ち上げられた。彼と目が合う。

オーウェンはビアンカの目を見つめながら、きっぱりと言い渡した。

「君は僕と結婚するんだ」

「え……結婚……」

驚くビアンカに、彼はニヤリと笑ってみせた。

「愛人になれと言われると思っていたのか？　それも考えたが、ドナが悲しむ。僕達が結婚すれば、ドナはどれほど喜ぶだろう」

「でも……あなたは……」

「結婚するつもりはなかった。だが、跡継ぎは必要だ。君の身体なら飽きもせずに何度でも抱けるだろう。それに、結婚すれば、ドナは二度と君から利用されずに済む」

ビアンカは落胆した。

結局、彼は身体がすべてなのだ。この身体が欲しくて、プロポーズした。愛情など関係ない。

彼はお金でビアンカを買おうとしている。あの大富豪の老人と同じだ。自分はここでも家族のために身を売らなくてはならない。

彼はわたしを愛していない。けれども、わたしは彼を愛してる……。

他の男と結婚できないが、オーウェンとならできる。だが、愛されるどころか、蔑まれているというのに、そんな相手と結婚して上手《うま》くいくだろうか。

ビアンカの脳裏《のうり》に、三年前にプロポーズしてくれたときのことが甦ってきた。

あのとき、彼はビアンカに野の花を優しく髪に挿《さ》してくれた。そして、熱っぽい眼差しで愛を告白してくれた。

『愛しているよ……ビアンカ』

『二人だけの約束だよ。僕と結婚するって』

あのときとはまるで違う。今、彼は別人のように冷たいプロポーズをしていた。

返事を躊躇《ためら》っていると、彼は鋭い視線でビアンカを睨んだ。

「嫌なら、ドナから無理やりにでも引き離し、愛人にしてもいいんだぞ」

そんな脅しの言葉をかけられるのも情けなかった。

愛しているけれど、愛されていない。その事実をこれほど残酷に見せられて、悲しかった。しかし、ビアンカには選択肢がないも同然だった。

「判ったわ。結婚します……」

この結婚で、少なくとも心から喜んでくれる人が一人だけいる。

それだけが心の支えだった。

彼はほっとしたように笑みを浮かべた。

「僕の監視下でなら、君はいくらでも贅沢《ぜいたく》ができる。君のお兄さんの話が本当かどうか判らないが、困っているなら援助してやってもいい。他の男に貢《みつ》ぐことは許さないが」

「そんなことするわけないわ！」

どうして彼はビアンカが贅沢好きだと思っているのだろう。ドナからドレスを作ってもらったからだろうか。言い訳しても、彼はきっとビアンカが悪いようにしか思わない。ひどくもどかしかった。

それに、他の男に貢いだりするはずがない。自分にとって、愛する人は一人で、他の男など目に入ったこともなかった。

彼のほうはプロポーズしながら、他に愛人がいたから、ビアンカもそうすると思っているのかもしれない。だとしたら、結婚しても、彼は平気で愛人をつくろうとするのかもしれない。

そう考えると、何故だか涙が出てきた。もう、つらいことには慣れたと思っていたのに。

「……嬉し涙か？」

彼はそう尋ねながらも、ビアンカが涙を流したことに腹を立てているようだった。

「嬉しいはずだ。僕は三年前よりずっと金持ちなんだ。爵位や財産を継いだだけじゃない。投資をしたり、自分で事業を興《おこ》して稼いだんだ」

お金のことなんてどうでもいいのに……！

もちろん生きていくためにはお金は必要だ。お金がないことで、どんなに惨めになるのかを、ビアンカは知っている。けれども、それがすべてではないはずだ。

それとも、これは本心ではないのか。ビアンカが愛したのは、金の亡者などではないはずだった。

「だから……僕を裏切るんじゃないぞ」

彼はそう囁いて、ビアンカの唇を荒々しく奪った。

息もつけないほどの激しいキスに、ビアンカは戸惑う。彼がビアンカの知らない人間になっていたとしても、キスをされれば、たちまち三年前に戻っていくような気がした。

いや、三年前はこんなキスをしなかった。

彼は三年分、年を取り、ビアンカも大人になった。そんな二人が交わすのは、熱情に浮かされたようなキスだった。

そう。ビアンカが彼のメイドだったときにされたキスみたいに。

今のビアンカもあのときと同じで、身体がすぐに熱くなってくる。自分で意識しなくても、そうなってしまうのだ。特に今は、彼に抱かれたことがあるから、余計に抑えられなくなってくる。

口の内側をなぞられるだけで、ゾクゾクしてくるのだ。彼にすべてを満たされたくなってきて、どうしようもない。

ダメ。彼を止めなくちゃ……。

そう思いつつも、彼を止める理由はもうないことに気づく。

だって、わたし達は結婚するんだから。

自分がまだ純潔なら、話は違う。普通は結婚するまで無垢《むく》な身体でいるべきだからだ。

そもそも、上流階級の女性は男性と二人きりになったりしてはいけない。しかし、ビアンカはすでにこの禁忌を破ってしまっている。

もう、わたしは彼のものになっているから……。

止めるものは何もない。ビアンカはオーウェンにしがみつく。彼もまたビアンカをしっかりと抱き留めていた。

やがて、彼は唇を離した。

「さあ……おいで、僕の花嫁」

彼に言われるままにソファに横たわる。

ベッドよりも狭いが、身体を火照《ほて》らせた二人にとっては、そんなことは重要ではなかった。彼はビアンカのドレスの裾《すそ》をまくり上げると、器用にペチコートとドロワーズを剝《は》ぎ取った。

「あ……や……ぁっ」

彼はビアンカの太腿《ふともも》を撫《な》で上げ、秘部に触れてきた。そこはすでに潤んでいて、彼の指を易々《やすやす》と受け入れる。彼の愛撫《あいぶ》を待ちかねていたとしか思えないほどだ。

たちまちその部分が熱く痺《しび》れてくる。彼に与えられた快感の記憶があるから、そうなってしまうのだ。何も知らないのなら、ここまで急に感じたりしない。

そう。何もかも知ってしまっているから……。

彼はビアンカが欲しいと言っていた。しかし、ビアンカもずっとこうなりたいと、ひそかに願っていたのだ。ただドナのところにいたときは、理性で抑えていただけで。

だって、愛人にはなりたくなかったから。

でも、彼はプロポーズをしてくれた。どんな冷たいプロポーズであっても、愛人の申し込みよりはいい。愛情がなかったとしても、正式に彼の妻となり、子供を産めるのなら、それでいいのだ。

彼が指を出し入れしていくと、敏感な内壁が刺激される。ビアンカはビクンビクンと腰を震わせた。

前よりも感じるのはどうしてなのだろう。書斎のソファの上で、こんなことをされているというのに。

もう一度、彼に抱かれたいと、本心では熱望していたからなのだろうか。それだけで、こんなに感じるものなのか。ビアンカには何も判らなかった。ただ、判るのは、触れられると、彼のすべてを受け入れたいという欲求が高まってきたことだけだ。

彼はビアンカの頬に唇を滑らせる。

「あ……んっ……」

全身が敏感になっているようだった。どこにキスをされても、こんなふうになるのではないだろうか。

もう……おかしくなってる。

ただ、もう彼が欲しい。欲しくてたまらない。

ビアンカは彼の指だけで昇りつめそうになっていた。それなのに、彼は急に指を引き抜いてしまい、ビアンカはもどかしさに身体を震わせた。

「ああ……オーウェン！」

「君もこんなに僕を求めてくれているんだね」

彼はビアンカに覆いかぶさり、唇を重ねた。目を閉じていると、衣擦《きぬず》れの音がする。ふと、ビアンカは彼の硬くなったものが自分の秘部に触れていることに気がついた。

「あの……脱がなくてもいいの？」

彼だけでなく、自分も脱いでいるのは下半身の下着だけだ。

「今日はいい。僕にはもうその余裕がないんだ」

その言葉どおり、彼がビアンカの中に入ってきた。

「はぁ……ぁ……」

自分の内部が彼で満たされていく。その感覚に、ビアンカはうっとりしてしまう。愛する人と身体を重ねているのだ。以前は何も判らず、この行為をしてしまったが、今は違う。それに、あのときとは状況も違っていた。

自分はもうメイドではないし、彼の妻になるのだ。

二人の間には将来はないものと思っていたあのときとは違う。

そう思うと、快感だけではなく、喜びが込み上げてくる。愛されていないことには目を瞑《つぶ》ろう。それよりも、彼の妻として、彼の傍にずっといられる幸せを感じよう。一度きりではなく、何度でもこの行為を繰り返すこともできる。

ああ、愛してる……。

彼には絶対言わないつもりだが、心の中でそう囁いた。

愛しているから、抱かれたいのだ。身体だけが欲しいのではない。彼の心も欲しいが、得られないから、身体だけでもいいから欲しい。

彼にしがみつくと、またキスをされる。ビアンカは必死で舌を絡め、彼にキスを返した。言葉にはできない自分の想いを判ってもらいたかった。

ねえ。いつかはわたしを愛してくれる日が来る？

もちろん、それも言葉にはできない。ただ心の中では情熱のすべてをぶつけていた。

彼が動き始めた。ビアンカを奪い尽くすような激しい抱き方だった。ビアンカも彼にしがみつきながら、腰を揺らした。

もっと彼が欲しい……。これだけじゃ足りないの。

彼のすべてが欲しくてたまらない。わたしの身も心もすべてを捧《ささ》げるから……。

身体の内側に湧《わ》き起こった熱は徐々に高まっていく。そうして、いつしか全身が痺れたようになっていた。指の先さえも熱くなっている。

「ビアンカ……！」

不意に、彼がぐいと腰を押しつけてきた。

その瞬間、ビアンカは宙を飛んだような気がした。熱いものが全身を突き抜けていく。

「あぁっ……ん……っ！」

同時に、彼も同じように絶頂を感じたようだった。身体を強張らせ、ビアンカをギュッと抱き締めてくる。

なんて幸せなのかしら。

ビアンカは彼に愛されていないことを頭の隅に追いやろうとした。二人の間にはなんの問題もないと思いたかった。

これは逃避しているのと同じことだろうか。だが、ないものを求めても仕方ない。ただ、将来、彼がいつかは愛してくれるように願うしかない。

それで充分よ……。

二人は抱き合ったまま、息の乱れが収まるのを待っていた。快感の甘い余韻がようやく薄れてきた頃、彼は身体を離した。ビアンカは慌ててドレスの裾を直す。

「早く結婚式を挙げなくてはならないな」

「え……？」

急にそんなことを言われて、身体を起こしたビアンカは戸惑った。

彼は小さな溜め息をつき、ビアンカの頰をそっと撫でる。

「君は知らないのかな。男と女がこういう行為をすれば、赤ん坊を身ごもるのだと」

「でも……たった二度目だし」

「一度目でもできることはある。できないようにする方法はあるが、僕は何もしなかった」

「まあ……そうなの」

ビアンカは自分のお腹《なか》にそっと触れてみた。彼の子供を身ごもるのは、どんな気分なのだろう。

「君は子供が好きだとドナに聞いたが……？」

彼は何故だか緊張しているようだった。

「ええ。甥や姪のことは大好きよ。一緒に住んでいた頃はよく遊んであげたりしていたわ」

そう答えると、彼はほっとしたように息をつく。

「それだけが救いだな」

「えっ、どういう意味？」

「いや……。子供を嫌う母親もいるからね」

彼は自分の母親のことを話しているのだ。

「君は結婚しないと言い張っていたから、子供はいらないのかと思っていた」

「子供は欲しかったわ。ただ……結婚しないと決めていただけ」

「何故なんだ？　三年前はそうではなかったのに」

ビアンカは乱れた髪を手で撫でつけながら、彼を見つめた。自分をそうさせた張本人が目の前にいるが、あのとき傷ついたことを告げたくなかった。彼を本気で愛していたのだと言いたくない。そして、今も愛しているのだということを、彼に悟られたくなかった。

「結婚というものに幻滅するようになってしまったの」

こんな抽象的な言い方で納得してもらうのは大変だと思ったのに、彼は頷いた。

「なるほど。それなら判る」

ビアンカは驚いて、目をしばたたかせた。

もしかして、彼もそうなのかしら？

そう思ったが、彼がビアンカのドロワーズを手に取ったので、訊き損ねてしまった。ビアンカは彼の手を借りて、ドレスや髪を元どおりに直していく。

すっかり身支度《みじたく》が整うと、彼は金庫から宝石箱を取り出した。そして、そこからひとつの指輪をビアンカに見せる。

「祖母の指輪だ。古い物だから、君は気に入らないかもしれないな」

それはサファイヤの周りをダイヤが取り囲んでいる指輪だった。ビアンカの目の色と合わせたような色で、思わず見入ってしまう。

「あの……わたしは素敵だと思うわ」

「それなら、これは婚約の印に君にあげよう」

オーウェンはビアンカの左手を取り、薬指にそっとはめていく。

ビアンカはきらめく指輪をじっと眺め、厳《おごそ》かな気持ちになっていた。冷たいプロポーズだったが、婚約指輪はちゃんとくれたのだ。

「ありがとう……大事にするわ」

感謝の言葉に、彼は素っ気なく頷いたので、ビアンカは傷ついた。本心から言ったのに、彼は信じているふうでもない。

「さあ、ドナのところに戻ろう。そして、僕達のことを報告するんだ」

そう言ったときだけ、彼は優しげな顔になる。

ビアンカは憂鬱な気分で、頷いた。

# 第五章　華やかな結婚式の陰で

ドナはもちろん喜んでくれた。

「わたしの思ったとおりね。二人はお似合いだったもの」

それから、すぐに結婚式の用意は始まった。持参金は断り、ビアンカが借りたお金をオーウェンが返してきたことに、ドナは少し不機嫌になっていたが、その代わりたくさんのドレスをまた新調してくれた。そして、もちろんウェディングドレスも。

「なんといっても、あなたは侯爵夫人になるんですからね。社交界の女性をあっと言わせなくては」

オーウェンは独身の貴族として、たくさんの女性が射止めたいと願っていた男性だ。その彼と結婚するのだから、みすぼらしい身なりで彼に恥をかかせるわけにはいかないということだ。

トレヴァーには手紙で知らせた。本来なら、オーウェンがビアンカの兄であるトレヴァーに、先にプロポーズする許可を得るというのが習わしだが、ビアンカはすでに兄に庇護《ひご》されている身分ではない。それに、二十一歳の誕生日が来れば、たとえトレヴァーが反対したとしても結婚できる。もっとも、反対などするはずもないが。

オーウェンはほぼ独断で結婚の日取りや披露宴についても決めていた。ビアンカはそれに従うだけで、自分の意見は言わなかった。実際、いろんなことにお金を出すのは彼であって、ビアンカではないからだ。

そして、いよいよ結婚式当日となった。

教会へと出かける前、ビアンカは改めて純白のウェディングドレスを着た自分の姿を、鏡で見つめた。頭には繊細なレースがつけられ、オレンジの造花が飾られている。

「素敵よ、ビアンカ。オーウェンもあなたの花嫁姿を見たら、感激するわよ」

ドナは褒めてくれたが、ビアンカは少し神経質になっていた。

今になって結婚するのが正しいことかどうかなんて悩んでも仕方ない。それは判《わか》っているが、やはり不安になってくる。オーウェンとはここ数日、顔を合わせていないからだろうか。

今、プロポーズされてから、二週間が過ぎたところだ。普通は日曜ごとに結婚することを三回公示しないと結婚できないのだが、結婚特別許可証をもらえば可能なのだ。それにしても、ビアンカにとっては早すぎる展開だった。

ドナはビアンカの手に、今朝オーウェンから送られてきた花束を握らせた。

「大丈夫よ。オーウェンと結婚すれば、必ず幸せになれるわ。あれだけ優しい男性はそんなにいないんだから」

ドナにとってはそうかもしれない。しかし、ビアンカにとってのオーウェンは必ずしもそうではなかった。

もちろん優しいところがあるのは知っているけれど……。

どちらにしても、もう引き返せない。ビアンカは結婚するしかないのだ。

兄のトレヴァーは昨日ロンドンに着いて、ホテルに泊まっている。オーウェンが手配し、滞在費用も払ってくれるので、前のような安宿ではない。ロッティは具合が悪く、ロンドンまで連れてくることができず、今は状態が落ち着くのを待っているという。高名な医師に屋敷《やしき》まで来てもらいたいと手紙を出したものの、今のところ返事が来ないのだ。

明日、医師のところを訪ねてみると言っていたが、トレヴァーはかなり疲れている。昨日のうちに会いにいったビアンカは申し訳ない気持ちになり、結婚式なんて出なくてもいいと言った。

『何を言ってるんだ。たった一人の妹がやっと結婚するのに、出席しないわけがないだろう。それに、まだおまえの花婿にも挨拶《あいさつ》してないんだから』

そう言って、トレヴァーは優しく笑った。

結婚相手がオーウェンだということについて、トレヴァーは意外ではないと言った。兄は三年前にオーウェンがよくビアンカの許《もと》を訪ねてきていたのを知っていたのだ。

『あのときのおまえは幸せそうだった……。おまえが今度こそ本当に幸せになれることを祈っているよ』

兄の言葉を思い出し、ビアンカは涙が出てきそうになった。

「ビアンカ、そろそろ教会へ……」

ドナの言葉に我に返り、ビアンカはまばたきをして涙を散らした。

「ええ。ドナ、本当にあなたには何もかもしてもらって……どうやってお礼をしていいか判らないわ」

ドナはぱっと明るい笑顔になった。

「簡単よ。あなたとオーウェンが幸せになってくれればいいのよ。できれば早く赤ちゃんの顔が見たいわ」

ビアンカはドナの手を取り、感謝を込めて両手で包んだ。

「ありがとう。あなたの言うとおり……幸せになります」

自信なんてなかったが、それがドナの希望なら、幸せになるように努力しよう。そして、オーウェンを幸せにしよう。

そう決心して、ビアンカは教会へ向かった。

ビアンカは兄と共に、教会の入り口に立った。

祭壇の前にはオーウェンがいて、こちらを振り返った。いつもの黒一辺倒の格好とは違い、紺色の上着にグレーのズボンとベストを着ていて、初めて見る彼の華やかな姿にドキッとする。

バージンロードを歩いていき、兄からオーウェンへと引き渡されると、胸の高鳴りはもっと大きくなったような気がした。

ベール越しに見える彼は笑みを浮かべてはいない。しかし、厳粛な雰囲気にふさわしい少し緊張した面持《おもも》ちで、この結婚のことを真面目に考えているように見えた。これからの人生のことを考えている大人の男性という感じを受けて、それがとても頼もしく思える。

わたしはこれから彼と一緒に人生を歩んでいくんだわ……。

ふと、三年前、別の男性と結婚寸前まで行ったことを思い出した。あのときのビアンカはオーウェンに対する悲しみでいっぱいで、自分が家族のために老人と結婚しなくてはならないことを考えまいとしていた。

だって、オーウェン以外の誰と結婚しても同じだったから。

心はもう別のところにあって、現実感がないまま、鏡の中で自分の頭にベールを乗せられるのをじっと見つめていた。そして、教会に着いたら、花婿が倒れて、結婚式は延期になったと知らされたのだ。

そのうち結婚式が永遠にないと知ったときは、気が抜けたようになった。それから、屋敷に大勢の借金取りが押し寄せてきた。田舎《いなか》に帰ったところで、今度は父の事故が起こり、結局、亡くなったあの老人のことは頭からすっぽり抜け落ちてしまった。

まるで悪夢を見ているような気分で、ビアンカは父の葬儀に出席したのだった。

今は……悪夢の続きではないわよね？

司教の声がボンヤリ聞こえている。いろんな考えが頭に浮かんでくるが、なんとか集中を取り戻した。

オーウェンが誓いの言葉を口にしている。促されるまま、ビアンカも同じように妻として夫を生涯愛し続けることを誓う。

「花嫁にキスを」

ベールを上げられ、今日初めてオーウェンの顔を間近に見た。

自分をじっと見つめる目には、熱っぽいものが浮かんでいて……。

それを見た途端、頭の中のもやもやが、ぱっと晴れていくような気がした。

両肩に手を置かれて、唇が重ねられる。頬《ほお》が熱い。目をそっと開けると、彼が微笑《ほほえ》んでいた。

これで二人は夫婦となったんだわ！

喜びが込み上げてくる。確かに将来のことは不安でたまらない。それでも、少しずつ前に進んでいけば、きっとどこかに幸せはあるはず。

ビアンカはそう信じたかった。

登録簿に署名した後、たくさんの出席者から拍手と祝福の声をかけられ、バージンロードを二人で歩いていく。

両親を亡くし、仕事を始めるようになってから、自分には家族がいないも同然だった。ドナも本当の祖母同然に扱ってくれたが、ビアンカはどこか居心地悪いと感じていた。血の繋《つな》がりがなく、一緒に暮らしているだけで、あれほどドナによくしてもらう理由がないと思っていたからだ。

けれども、結婚して、オーウェンが本当の家族になったのだ。

三年前、どれほど彼を愛し、彼の花嫁になることを夢見ていたことだろう。あれからいろんなことがあり、ほとんど諦《あきら》めかけていたが、彼と再会し、こうして結婚できたことは嬉《うれ》しい。

もちろん、三年前とはずいぶん状況が違うが、それは仕方ない。高望みは禁物だと、ビアンカはいつも自分に言い聞かせてきた。

でも、いつかきっと……。

わたしがお金目当てで結婚したわけじゃないと、判ってくれる日が来るわ。

その日まで、じっと我慢していよう。彼を愛し、彼の子供達も愛して、心穏やかな温かい家庭をつくるのだ。

教会の扉を出ると、晴れた陽射《ひざ》しが二人に降り注いだ。


披露宴はオーウェンの屋敷で行われた。

招かれたのは主に親戚《しんせき》達だが、親しい人々も招待されていて、ホールではたくさんの人が食事をしていた。

親しい人といっても、それはほとんどオーウェンが招いていて、ビアンカが親しいのはドナだけだった。以前、友人だと思っていた人達も、父が借金苦で自暴自棄になり、亡くなった後は、誰もビアンカと親しくしようとはしなかったからだ。

親族は兄だけで、親戚もそんなに多くない。仕事を二度も紹介してくれた親戚はもちろん招待した。そんな具合で、客のほとんどのことを、ビアンカは知らなかった。

食事が終わった後、初めて夫婦でダンスをする。その後、多くの人々がダンスを始め、オーウェンとビアンカは楽しんでいる客に挨拶をして回った。

ふと、一人の女性客が声をかけてきた。

「オーウェン……花嫁を紹介してもらえないの？」

彼女はとても美しい貴婦人で、年齢は四十代くらいだろうか。上品で、ほっそりしている。

ビアンカはオーウェンのほうを見ると、彼はとても険《けわ》しい顔つきになっていた。招待をしたのは彼なのに、どうしてこんな顔をしているのだろう。

「僕の妻、ビアンカです。……ビアンカ、僕の母だ」

「お義母様《かあさま》！　あの……初めまして」

彼女がオーウェンを子供の頃に見捨てた母親だったのだ。

その話から、派手で遊び好きなイメージを持っていたが、とてもそんなふうには見えなかった。それに、ちゃんと結婚式に来てくれたのだし、彼がこんなに嫌な顔をするほど悪い母親には見えない。

それとも、見かけとは違うのかしら。彼女はとても優しそうに見えるわ。それに、なんだか悲しそう。

義母はビアンカに微笑みかけた。

「初めまして、ビアンカ。わたしはヴァレリアよ。でも、どんなふうに呼んでもらっても構わないわ」

オーウェンはヴァレリアの言ったことを聞いて、ふんと鼻で笑った。

「母と名乗るほどのことはしていませんからね」

彼の言葉に、ヴァレリアは顔色を変える。

「オーウェン！　お義母様になんてことを言うの！」

ビアンカはオーウェンが人前だというのに、自分の母親にこんなにつらく当たるとは思わず、驚いてしまった。彼も無作法なことをしたと思ったのか、笑顔を作った。

「すみません。ただの冗談ですよ。では、母さん、他の方にも挨拶をしなくてはならないので……」

彼は母親に背を向けて、他の客のほうに歩み寄る。ビアンカは慌ててヴァレリアに頭を下げて、彼に追いついた。ちらりと振り返ると、ヴァレリアは悲しそうな顔をして、こちらを見ている。ビアンカは自分がオーウェンに冷たくされたような気がした。

冷ややかなオーウェンと対峙《たいじ》するのがどんな気持ちになるのか知っているからだ。愛していればこそ、とてもつらいのだ。オーウェンは母親を嫌っているものの、ヴァレリアは息子を愛している。それが伝わってきて、胸が痛い。

そうよ。彼女は息子を見捨てるような人じゃないわ。何か誤解があったのよ。

どうしたらいいの？　この母子を仲直りさせる方法はあるの？

しかし、オーウェンの考えを変えることなんて、自分にはとてもできそうにない。彼は頑固で、思い込んだら、よほどのことがなければ、自分が間違っていると認めないのだ。

でも、このままじゃいけないわ。

ヴァレリアが佇《たたず》む姿はあまりにも悲しげで、幼い頃に亡くした母のことを思い出してしまう。二人を重ね合わせるのはおかしいかもしれない。けれども、どうしてもビアンカは実母を悲しませたときと同じ後味の悪さを感じていた。

オーウェンはそんな気持ちにはならないのだろうか。彼の心の中には、母親に対する愛情はないのか。それとも……。

ビアンカはその後もずっと、ホールの隅にいるヴァレリアのことが気になって仕方なかった。

オーウェンが友人達と葉巻を楽しむために書斎へ行ったとき、ビアンカはすぐにヴァレリアを探して、声をかけた。

「あの……お義母様。さっきは失礼しました」

彼女はにっこり微笑んだ。

「あなたは別に失礼じゃなかったわ」

「でも……。オーウェンはどうしてあんなふうにあなたのことを蔑《ないがし》ろにするんですか？」

一瞬、彼女は黙ってしまった。しかし、すぐにまた微笑む。

「あなたに話しておいたほうがいいかもしれないわね。できれば、二人きりで……」

「じゃあ、こちらへ」

ビアンカはメイドをしていたときに、ブーツを磨く小さな部屋があるのを知っていたので、そこに案内した。

「こんなところですけど、誰も入ってくる心配はないと思うんです」

「確かに、ここには誰も入ってこないわ」

ヴァレリアは気を悪くした様子もなく、小さな椅子《いす》に腰かけた。ビアンカもうひとつの椅子に腰かける。ブーツに囲まれた部屋で二人きりになると、なんだか相手がとても親しい人のような気がしてくるから不思議だ。

もちろん嫌いな人とは、こんなところに入りたくないけれど。

「オーウェンがあなたを捜すかもしれないから、手早く話すわね。あなたはオーウェンの父親のことをご存じ？」

「ええ。少しだけ……。怖そうな人でした」

「そうね。あの人は本当に怖い人だったの」

「えっ……」

夫が妻を殴ったり蹴《け》ったりして、怪我《けが》をさせる場合があると聞いたことがある。オーウェンの父親もそんな人だったのだろうか。

「暴力を振るうわけじゃないのよ。ただ冷酷なの。心がないのよ。わたしは十六歳で嫁ぐことになったわ。実家が貧しくて、お金で買われたようなものだったわ」

ビアンカは思わず自分と彼女を重ね合わせてしまい、気の毒になった。

「好きではなかったんですか？　お義父様《とうさま》のこと」

「怖かった。それだけよ。年齢も離れていたし、とても頑固だったわ。自分のルールに従わない者には冷たかったの。十七のときにオーウェンを産んで……とても嬉しかったわ。そのときは、夫も喜んでくれたの。跡継ぎができたって」

ヴァレリアは遠い目をした。それはもう三十年ほど前のことだ。若い娘のような侯爵夫人が赤ん坊のオーウェンを抱いているところを、ビアンカは想像した。

幸せだったに違いない。そのときは。

「でもね、あの人は……本当は女性があまり好きじゃなかったんだと思うわ。跡継ぎをつくるためだけに、我慢して結婚したの」

「あの……まさか……」

女性が嫌いな男性がいるのは知っていた。だが、侯爵である以上、息子が必要だったのだ。それでも、そのためだけに結婚するなんて、ひどいと思う。

「わたしもそのときには気づかなかった。後で、噂話《うわさばなし》を聞いて納得したの。身ごもった後はわたしに近づかなかったし、オーウェンが成長するにつれて、わたしが邪魔になってきた。息子の教育について、夫はわたしが甘やかしていると怒ったわ。わたしはまだ小さかったあの子を守りたくて……そのことで言い争った」

そのときの気持ちを思い出したのか、彼女はつらそうな表情になった。

「そんなときに、あの子がちょっとした怪我をしてしまったの。あの人はわたしが甘やかしたせいだと責めた。そして、わたしは屋敷から追い出されたの」

「そんな……！」

ビアンカは悲痛な声を上げた。それがどんなに苦しいことなのか、ビアンカにも判った。経験はないが、想像することはできる。彼女は我が子と無理やり引き離されたのだ。

「夫は……わたしが金目当てで結婚したのだと言い放ったわ」

ビアンカははっと目を見開いた。

金目当て……。

それはオーウェンに何度も言われたことだからだ。

「両親はそうだったかもしれないわ。わたしを売ったのだから。でも、わたしは……違う。わたしが望んで、結婚したわけじゃないのに……」

彼女が追い出された後、オーウェンの父親は息子に母親のことをなんと言ったのだろう。恐らく悪口ばかり吹き込んだのではないだろうか。

「わたしは屋敷を追い出されたけれど、別の屋敷に住まわされて、お金に困ったことはなかったわ。たっぷりと小遣いをもらったけど、それはたぶんあの人が後ろめたかったからなのね。でも、お金なんてどうでもよかった。息子と離れて暮らさなくてはならないのがつらくて……。ただ、息子の乳母はわたしの味方になってくれて、夫が屋敷を離れたら教えてくれたのよ。それで、こっそり何度も会いにいったわ」

　母子のわずかな親密な時間を持てたのだ。だが、もちろん、それで幸せだったわけではないだろう。

「オーウェンはわたしのために野の花を摘んでくれたわ。あの頃のあの子は厳しく躾《しつ》けられていたけれども、とても母親想《おも》いの優しい子だった。でも、夫が急に帰ってきて……わたしは二度と戻ることができなくなった。せっかく息子が摘んでくれた花を持っていこうとしたら、取り上げられてしまって……」

　ヴァレリアはよほどそれがつらかったのだろう。涙を流していた。

　オーウェンの父親はなんてひどい人なのだろう。もう亡くなっている人だが、ビアンカは怒りを覚えずにはいられなかった。母親と子供の間を引き裂き、自分好みに育て上げようとしたのだ。

　だから、オーウェンには二面性があるのだろう。優しいオーウェンと冷酷なオーウェンがいる。それは父と母の間で引き裂かれたオーウェンなのだ。

　ビアンカは彼女の手にそっと触れた。悲しむ彼女の気持ちが伝わってきて、いつしかビアンカも涙ぐんでいた。

「それから、オーウェンとはお会いになったことは……」

「わたしはしばらくスコットランドの別荘に閉じ込められていたわ」

ビアンカはぞっとした。オーウェンの父親には怖い印象があったが、それは正しかったのだ。とんでもなく残酷な男だったのだろう。

そんな人にオーウェンが育てられたなんて……。

もちろん、乳母や子守、家庭教師などが傍《そば》にいて、直接育てたのはそういう人達だろうが、オーウェンが成長していく上で、一番影響を与えたのは父親のはずだ。甘やかしていると母親を非難したくらいだから、息子を思いどおりにしたかったのだろう。

「あの子が寄宿学校に行ってから、やっと自由の身になったの。実家の近くの家に移って、慎《つつ》ましやかに暮らしたわ。あの子のことは、家政婦がこっそり手紙で教えてくれて……。わたしは寄宿学校に面会を求めたけど、会わせてもらえなかった。手紙も返されてきたわ。夫がそうするように学校に申し入れていたのね。どうしても一目会いたくて、あの子が大人になってから会いにいったの。もう大人だから、会っても許されるはずだと思ったけれど……」

ビアンカは彼女が気の毒になった。その答えはもう判っている。

「わたしは拒絶されたわ。夫はわたしを『金目当てで結婚した浅はかな女で、お金を手に入れたら夫も子供も捨てて、出ていって、好きなように暮らしている』と教え込んでいたのよ。あの子は……父親そっくりの冷酷な男になっていたの」

「何を言っても、信じなかったんでしょうね……」

ビアンカはそれも想像できた。自分がさんざん経験したことだからだ。

「夫の葬儀には出席したわ。でも、取りつく島もなかった。連絡先は預けておいたから、結婚式と披露宴の招待状はもらえたのね。ただ、まさか招待してもらえるとは思わなかったわ。何かの手違いかしら」

「ひょっとしたら……本音《ほんね》ではお義母様に会いたかったのかもしれませんわ」

「そうかしら……？」

ヴァレリアは少し笑みを浮かべた。彼女に希望を与えることがいいことかどうか判らないが、やはり招待状を出したということは、母親に対する愛情が彼にも残っていたのかもしれないと思う。

彼の心がそこまで凍りついてなければいいけれど……。だって、氷のような心を持った人とは暮らしていけないから。

ビアンカは想像以上に、オーウェンとの結婚生活が楽ではないことを知り、暗澹《あんたん》たる気持ちになった。彼は自分の子供に対して、どんな態度を取るのだろう。父親そっくりに振る舞うのだろうか。

そして、それを止めたら、ビアンカも追い出されてしまうかもしれない。

わたしはそんな人を愛してしまったの？

そうであってほしくない。彼にも優しい心はある。ドナに対しては、紛れもない優しさを持っている。

ビアンカはヴァレリアの手をギュッと握った。

「大丈夫です……きっと。今はひどいことを言っていても、いつか理解できるはずです」

彼とドナとの関係を話すと、彼女はほっとしたように微笑んだ。

「あの子はやっぱり優しい子なのね……！」

「はい。誰よりも亡くなった親友のお祖母さんを大切にしてるんです」

彼女はふと眉《まゆ》をひそめて、ビアンカを見つめる。

「もちろん、あなたのことも大切にしているんでしょう？」

ビアンカは言葉を失った。

脅迫されたように結婚する羽目になったというのに、大切にされていると言っていいのだろうか。けれども、本当のことは言えない。

「え……ええ。もちろん」

「愛していると言ってくれたかしら？」

ビアンカは一旦《いったん》口を開いたが、そこまで嘘《うそ》はつけなかった。三年前は言ってくれたが、あれは嘘だった。愛しているなら、愛人など必要ないはずだからだ。

「言わなかったのね？　言わなかったからって、あなたのことを愛してないとは限らないけれど」

ビアンカはそんなふうに楽観的にはなれなかった。

それに、子爵令嬢として社交界にいた頃とは違い、他人の家で何年も働いてきたから、今更、侯爵夫人としてちゃんとやっていけるのだろうか。急に心配になってくる。

オーウェンには優しいところもあるが、やはり冷たくて頑固で辛辣《しんらつ》な部分もある。そもそも、ビアンカのことを今でも金目当てだと蔑《さげす》んでいるのだ。何か間違ったことをしたら、追い出されてしまうかもしれない。

よりよい結婚生活を送るために、彼の母親の話を聞いてよかったとは思うが、聞かないほうがよかったかもしれないとも思う。

不安ばかりになってしまうから……。

だが、何も知らなければ、もっと不安だったかもしれない。

ビアンカの心は複雑だった。


夜になり、たくさんの客は帰っていった。

ヴァレリアもホテルに部屋を取っているようで、名残惜《なごりお》しげに屋敷を後にした。彼女に別れの挨拶をするオーウェンの表情はとても硬くて、ビアンカは彼の凍りついた心はなかなか溶けそうにないと思った。

最後の客を見送ったところで、オーウェンはビアンカの肩に腕を回してきた。

「そろそろ……寝室に行くといい」

ビアンカはドキッとした。

「わたしの部屋はあるの？」

「ああ、僕の部屋の隣だ」

そこへは、家政婦が案内してくれた。ビアンカがここで働いていたことを思うと、互いに気まずいが、そのうちに慣れるだろう。彼女はまだビアンカが子爵令嬢だった頃のことを覚えているが、他のメイドなど、どういう態度を取っていいか判らないに違いない。

何しろ、わたしは使用人のホールで食事をしていたんだもの。

とにかく、自分が居丈高《いたけだか》な女主人にならなければ、そのうち使用人も信頼してくれるようになるだろう。

ドナの屋敷で働いていたビアンカ付きの小間使いは、ここでも働いてもらうことになっていた。彼女に着替えを手伝ってもらい、風呂《ふろ》に入る。この屋敷には配管を通してお湯が出るようになっていて、浴室があり、そこに浴槽が備えつけてあった。ゆっくりと熱いお湯に浸《つ》かって、今度は純白のナイトドレスに身を包んだ。

ただ寝るだけのためのものなのに、レースの飾りまでついている贅沢《ぜいたく》な品で、もちろんドナがプレゼントしてくれたものだ。

長い髪を梳《と》かした後、小間使いは部屋を出ていった。一人になって、改めてビアンカは自分の部屋を見回した。

いかにも侯爵夫人の部屋といった落ち着いた雰囲気ではなく、壁紙もクリーム色を基調としたもので、家具も重い色ではなく、明るい茶色のものばかりだった。全体的に明るく感じのいい部屋で、ビアンカはこの部屋が好きになった。

四柱式のベッドはあるが、ここで眠ってもいいのだろうか。初夜でどんなことをするのかは、もう知っている。しかし、ビアンカは今ここでこのベッドに入って、待っていればいいのかどうかが判らなかった。

廊下から出入りする扉とは別に、隣のオーウェンの部屋に出入りする扉がある。ビアンカは落ち着かず、そちらの様子を窺《うかが》おうと歩きかけた。

そのとき、軽く扉を叩《たた》かれた。ビアンカが応答する前に扉は開かれ、上着を脱いだオーウェンが姿を現す。

彼はビアンカを上から下まで眺めた。ナイトドレスの下には何も身につけていないビアンカは、思わず腕を交差させて胸を隠す。

「今更、隠しても意味はないと思うが」

「だって……」

「まあいい。君は恥ずかしがり屋のようだから」

彼はビアンカに手を差し出した。

「用意ができたなら、こっちにおいで」

優しく言われたから、ビアンカも素直に頷《うなず》くことができた。彼に歩み寄り、手を差し出す。扉の向こうは彼の寝室で、初めて抱かれたときのことを思い出さずにはいられない。

彼のベッドに導かれ、ビアンカは腰を下ろす。

今まで二度抱かれたが、どちらも始まりは唐突なものだった。少なくとも、ビアンカの側はそう感じた。誘惑されたり、乱暴だったり、いずれもキスから始まった。だが、今日は違う。

彼は穏やかで優しい。さっき披露宴で母親に見せた顔とはまったく違っていた。

お義母様にもこんな顔を見せてあげたらいいのに……。

オーウェンはベッドの隣に置いてあるナイトテーブルの引き出しを開け、そこから何やら小さな箱を取り出した。綺麗《きれい》に包装してあり、リボンがかけてある。

「君に結婚の記念に贈り物があるんだ」

「まあ……ありがとう」

受け取って、箱を開けると、そこには金色に光る美しいブレスレットが入っていた。小さな宝石がいくつかついている。

「綺麗……。ごめんなさい、わたしは贈り物の用意もしていなかったわ」

「構わないよ。さあ、つけてあげよう」

彼は隣に座り、ビアンカの左手にそれをつけてくれた。ナイトドレスを着ているというのに、こんな高価そうなブレスレットをつけているのは、なんとなくそぐわなかった。けれども、彼がくれた贈り物をまだ宝石箱の中に仕舞いたくなかった。

婚約指輪や結婚指輪と共に、ビアンカの宝物だからだ。ビアンカはブレスレットを見つめ、それを撫《な》でてみる。彼の温《ぬく》もりが感じられる気がして、幸せな気分になってくる。

「ブレスレットは好きかい？」

「わたし……今までブレスレットは持っていなかったの。でも、好きよ。この贈り物は」

彼はふっと笑って、ビアンカの髪に触れた。

「僕の妻になったんだから、ネックレスもイヤリングもたくさん買ってあげよう」

「そんなにたくさんはいらないわ。あれこれつけるのが大変だから」

「何を言っているんだ。遠慮することはないさ。君にはそれだけの価値がある」

「そ、そうかしら……。わたしの価値って？」

彼はビアンカの髪をかき上げ、耳にかける。そんな親密な仕草に、ビアンカはドキッとした。

「今日、教会で君の花嫁姿を見て、感動したんだ。なんて綺麗なんだろうって。キラキラ輝いて見えたよ」

そんなふうに言ってもらえて嬉しかった。彼には辛辣な言葉をかけられることが多かったから、こんなに優しくしてもらえるとドキドキしてくるのだ。

結婚して、彼の考え方は少し変わってきたのだろうか。ビアンカは少し希望を抱いた。

わたしのことを、もっとよく知ってほしい。そうすればお金目当てという誤解も解けるはず。

そして、いつか彼の心も溶かすことができるかもしれない。

オーウェンはビアンカの髪をそっと撫でていく。

「僕達の結婚生活も上手《うま》くいくだろうな。今日の招待客にも、僕達は似合いの夫婦だと言われたしね」

「本当に？　すごく嬉しいわ！」

「ああ。まったく、君との結婚を決めた僕の判断は正しかったということだ。僕は美しい妻を手に入れ、君は美しい宝石やドレスを手に入れる……」

ビアンカの顔が強張《こわば》った。

自分は間違っていた。彼の考え方はまったく変わっていない。それどころか、ビアンカを金目当てだと思いながらも、それで満足しているのだ。お互い自分の求めるものを手に入れたと思っている。

彼が好きなのは、わたしの顔や身体《からだ》だけ……。

そういうことだったのね。

この贈り物も心のこもったものというわけではなく、単なるご褒美だったのだろうか。

そう思うと、ブレスレットをつけているのが急に嫌になってきた。ビアンカはブレスレットを外すと、元の箱に戻した。

「……つけないのか?」

「ナイトドレスを着てるのに、少しおかしいと思って……。これは特別なときにつけるものだわ」

「初夜は特別なときだと思うが……」

彼は箱から再びブレスレットを取り出し、ビアンカの手首につけた。まるで手枷《てかせ》をかけられたような気がして、ぞっとする。

でも、贈り物をもらっておいて、そんなことは言えない。

「そうね。特別なときよね……」

ビアンカは同意するしかなかった。

彼に人間らしい心を取り戻してほしいと願うのは無駄なのかしら。

いいや、無駄ではないはずだ。ドナに対する態度は本物だ。血の繋がらない老婦人にあれだけ優しくできるなら、一緒に暮らす妻の本当の姿に、いつか気づいてくれるはずだ。

彼の母も言っていた。野の花を摘んでくれる優しい子だった、と。

心の中には、そんなオーウェンも確かに存在しているはずなのだ。ただ、今は隠れているだけだ。

「ビアンカ……綺麗だよ」

彼はビアンカの手を取り、手首にキスをしてくる。そんな仕草に、ビアンカはすぐにときめいてしまう。

「オーウェン……」

「今日の結婚式は完璧《かんぺき》だった」

掌《てのひら》や指にもキスをされて、身体が熱くなってくる。

おかしいかしら。どこにキスされても、こんな反応をするのは。

「ええ……そうね……」

「一人……不愉快な出席者もいたが」

ビアンカははっとして、思わず手を引いた。

不愉快な出席者というのは、もしかして……？

「まさか、それって……お義母様のこと……？」

彼は肩をすくめた。

「もちろん母のことさ。礼儀上、招待状を出したが、来るとは思わなかったよ」

「そんな……！　来るに決まっているじゃないの！　あなたはお義母様のことを誤解して

いるんだわ！」

彼があまりにひどいことを言うので、言うべきことではないのに言ってしまった。自分が口出ししても、彼は信じない。それは判っていたのに、言わずにはいられなかったのだ。

だって、誤解されるのはつらいから。

案の定、彼はとても怖い顔をして、ビアンカを睨《にら》みつけてきた。

「君が母の何を知っているというんだ？」

「お義母様とお話をしたの……。お義母様はあなたと引き離されて、それは苦しんでこられたのよ」

「君に母と話す権利なんかない！」

そう言われて、ビアンカは愕然《がくぜん》とする。

夫の母親と話す権利がないなんて……！

そんな言い方をされるとは思わなかった。

「君は僕の妻だ。けれども、そこまで僕の問題に首を突っ込んでもらいたくないんだ。忘れたのかい？　僕は君を買ったんだ」

わたしは彼に買われた……。

結婚式があまりに素晴らしかったので、忘れるところだった。できれば、ずっと忘れていたかった。

特に、この寝室の中では。

ビアンカは胸の奥が凍りついたような気がした。彼の言葉で、自分まで氷のような人間になってしまいそうで怖くなってくる。

こんなにも心を開かない人と添い遂げられるものなの？

「あなたはお義母様が嫌いなの……？」

「母のことは言うな」

「じゃあ、お義父様のことは？　あなたはお義父様のことが好きだった？」

「父は嫌な人間だったよ。皮肉屋で、不信感ばかり持っていて、どんなものにも満足しなかった。氷のような男だった。だが、そうなる理由があったんだ」

その理由が母親にあると言いたいのだろうか。彼は自分がその嫌な父親そっくりになっていると気づいてないのか。

「もう……いい。そんな話をするために、ここにいるんじゃない」

オーウェンはビアンカを乱暴に抱き寄せ、唇を奪った。

彼の心が嵐《あらし》のように荒れているのが判った。本当はやはり母親を慕う気持ちがあるのではないだろうか。

急に、彼のことが愛《いと》しく思えてくる。愛しているのは前からだが、今は彼を慈しみ、癒《い》やしてあげたいという気持ちが込み上げてきた。

ああ、彼を優しく包んであげることができたら……。

ビアンカは彼のキスに懸命に応えた。そして、背中に手を回し、優しく撫でていく。そうするうちに、彼の激情は去ったようで、キスの仕方も変化してきた。

熱いキスを何度も何度も繰り返す。

ビアンカの身体も熱を帯びたようになり、感じやすくなっているようだった。

胸の先端がナイトドレスの生地に擦《こす》れて、硬くなっている。唇を離した彼は、そこにそっと触れてきて、布越しに指で撫でてきた。

「はぁ……ぁ……ん……」

吐息交じりの声が甘く聞こえる。

身体の芯《しん》が痺《しび》れてくるようだった。触られているのは胸なのに、何故《なぜ》だか触られていない秘部が潤んでくるのが判った。

「恥ずかしい……」

「どうして恥ずかしいんだ？」

耳元で囁《ささや》かれ、ぞくりとする。彼はそれに気づいたのか、耳朶《じだ》にキスをしてくる。

「だって……こんなにすぐ感じてしまうなんて……」

「感じてくれて嬉しいよ。君の身体は……僕のものだという証拠だ」

ビアンカの胸の奥がズキンと痛む。

違うわ。わたしのすべてがあなたのものなのよ。

身体だけではないと言いたかった。けれども、今は言い争いをする気にはなれなかった。ただ、彼に触れてほしくて、キスしてほしくて、たまらない気分になってきてしまう。

それに……彼にも触れたい。キスをしたい。

そんな欲求も込み上げてくる。

どうして、彼はこんなに服を着込んでいるんだろう。それが淋《さみ》しく思えてくる。彼が自分を守っているような気がして……。

わたしにもっといろんなことを打ち明けてほしいのに。

そう思いながら、ビアンカは彼のクラヴァットに触れて、解《ほど》いていく。

「僕を脱がせたいのかい?」

「ふ、不公平だもの……。わたしはこの薄いナイトドレス一枚なのに」

「じゃあ、脱がせてみるといい」

本当に?

ビアンカは彼の目を覗《のぞ》き込んでみた。彼の瞳《ひとみ》の奥に熱いものが浮かんでいる。彼もまたビアンカと同じように、この行為にもう心を捕らわれているのだろう。

ビアンカは彼のベストのボタンを外して、脱がせた。それから、シャツのボタンも外していくうちに、筋肉のついた胸板が現れてきて、ドキドキしてくる。

「……触ってもいいかしら？」

小さな声で尋ねると、彼はビアンカの手を取り、自分の胸に導いた。もちろん、自分の柔らかい胸とはまったく違って、とても硬くて引き締まっている。

「ああ……もちろん」

彼の声が掠《かす》れている。ビアンカは彼の胸板に掌を滑らせた。その滑《なめ》らかな肌触りに、頭の中がボンヤリしてくる。どうにもたまらなくなってきて、その胸に唇を寄せてみた。

彼の身体はわたしのもの……。

本人は異論があるかもしれないが、ビアンカはそう思った。ビアンカの身体は自分のものだと、彼が言ったのだ。夫婦となった二人はこれから一緒に生きていくのだから、当然、そうであるべきだ。

だって、そうでしょう？

不意に彼はビアンカを抱き寄せ、そのままベッドに仰向《あおむ》けになった。手を離されて身を起こすと、ビアンカは彼を上から見下ろす形になり、きょとんとしてしまった。今までは彼が上にいたからだ。

彼はふっと笑った。

「今の続き、していいんだよ」

「いいの……？」

「ああ、好きなようにするといい」

ビアンカは彼に跨《またが》る形で、胸に唇を滑らせていく。彼はビアンカの髪を撫でている。髪を撫でられるだけで、気持ちがほんのりよくなるのは何故なのだろう。

シャツを脱がせたくなってきて、なんとなくズボンに手を触れてしまい、ビアンカは息を呑《の》んだ。

熱い昂《たかぶ》りに触ってしまったからだ。ズボン越しでもはっきりと判る。

「もっと……触れてくれ」

「……ここに？」

囁き声で尋ねる。手はズボン越しの股間《こかん》に触れていた。

「ああ。……直接触ってもいいんだ」

「えっ……そんな……」

躊躇《ためら》っていると、彼はズボンのボタンを外した。自《みずか》ら下穿《したば》きをずらして、己のものを取り出すと、ビアンカの手にしっかりと握らせた。

ビアンカは当惑しながらも、彼の大事なものを握っていると思うと、身体が熱くなってくるのが判った。

両手で包み、形を確かめる。不思議な形で、不思議な感触。ぎこちなく指で撫でると、ますます硬くなってきたような気がする。

これがわたしの中に……。

頰が赤くなってくる。彼に貫かれて、何度も淫《みだ》らな声を上げて、腰を揺らしたことを思い出したからだ。

彼に抱かれると、理性がなくなってしまう。今も半分くらいは理性がないから、本能のままにそこに唇を近づけ、キスをしてみる。

彼がはっと息を吞んだ。

最初は唇をつけるだけだったが、そのうちに舌で舐《な》めてみたくなってくる。やがて、それだけでは飽き足らず、先端のほうを口に入れてみた。

わたし……何をやっているのかしら。

自分でもよく判らない。とにかく衝動に突き動かされて、そうしたい気分になってしまったのだ。彼が口で愛撫《あいぶ》してくれるのと同じようなことを、自分も彼にしてあげたかった。

彼の何もかもが愛しいから。

すべてを受け入れる気持ちがあるから。

自分の身体の隅々まで彼のものだが、代わりに彼の身体の隅々まで自分のものにしたい。ビアンカには捧《ささ》げる気持ちがある。けれども、彼のほうはどうだろう。

せめて今だけは、わたしと同じ気持ちでいてくれないかしら。

一心不乱に愛撫を繰り返していると、彼が振り絞るような声で言った。

「もう……いいよ……ビアンカ」

顔を上げると、彼の眼差《まなざ》しは熱く燃えていた。

ビアンカをベッドに横たわらせて、オーウェンは衣服をすべて脱ぎ捨てた。初めて見る彼の身体に目を瞠《みは》る。厳《いか》ついわけではないが、引き締まった筋肉のついた肉体に魅せられてしまう。

わたしの身体とは全然違うわ……！

股間のものは勃《た》ち上がっていて、今さっきまで自分が口で愛撫していたものなのに、何故だか急に恥ずかしくなってきて目を伏せた。

彼はそれに気づき、クスッと笑った。

「見ていいんだよ。というか、さっき見ただろう？」

「だ、だって……」

さっきは全部脱いでいたわけではない。やはり真正面から裸の彼を見るのは、なんだか照れてしまう。

「さあ、君のも脱いでしまおうか」

ナイトドレスを脱がされ、身につけているのはブレスレットと指輪だけになる。お互い裸になったことで、二人の距離がぐんと近づいたように思えてくる。

オーウェンはビアンカに覆いかぶさってきた。頰を両手で包まれ、優しいキスをされる。

「ん……んっ……」

彼の身体が自分に重なっている。肌が擦れ合い、温もりと重みが伝わってきて、じんわりと幸せな気分になる。

ビアンカはうっとりしながら、彼の背中に触れた。滑らかな肌触りが心地よくて、掌を滑らせる。彼とでなければ、こんなふうには肌を合わせることはできないだろう。そう思うと、やはり彼の花嫁になったのは正しいことだったのだ。

彼もまたビアンカの肌を撫でていく。首から肩、肩から腕へと掌が滑っていく。唇のほうは胸の辺りを彷徨《さまよ》い、ビアンカは熱い吐息を洩《も》らした。

実際、身体の内側まで熱くなっている。

片方の胸を指で弄《いじ》られ、もう片方にはキスをされる。同時に愛撫を受け、ビアンカは身体を揺らした。刺激されているのは胸なのに、身体の内部が痺れてきて、やがて潤んでくるのが判った。

「やぁっ……あっ……あん……」

腰がひとりでに震える。まるで、自ら誘っているようだ。ここに触れてほしいのだ、と。

彼はそれに気づいたのか、腰や太腿《ふともも》を撫でてくる。そして、唇もその後を追って進んでいき、脚の付け根にキスをされた。

身体がビクンと震える。

「さあ……自分で脚を広げるんだ」

「え……」

ビアンカは彼の顔を見つめた。彼はふっと微笑む。

「君の一番敏感なところにキスをしてあげよう」

一番敏感なところ……。

それを聞いただけで、身体に熱いものが駆け巡っていく。

何も知らないのなら、困惑するだけだが、もう自分は突き抜けるような快感を知っている。彼に愛撫してもらいたくて、ビアンカは躊躇いがちに両脚を開いた。

「もっと、だ」

恥ずかしさに顔が赤くなってくる。

「自分で膝《ひざ》を抱えて、僕にすべて曝《さら》け出すんだよ。さあ……」

「そんな……」

彼は指を一本だけ秘部に這《は》わせた。ビクンと腰が震える。

もちろん、これだけでは足りない。もっと愛撫が欲しい。舌で舐められたり、指を挿入される感触を覚えているだけに、ただ焦《じ》らされているだけでは絶頂を得られないことは判っている。

もっと……してほしいの。

ビアンカは彼の言うとおりに、自分で膝を抱えて、両脚を少し開いた。これで精いっぱいだ。自分から彼にすべてを晒《さら》すポーズを取って、目をギュッと閉じる。

「可愛《かわい》いビアンカ……。君は僕の奴隷だ」

彼の唇が秘部に触れる。

「あ……ん……っ」

舌が敏感なところを舐めていき、ビアンカは腰を何度も繰り返し震わせた。すぐにそこが蕩《とろ》けてきて、身体が熱くてたまらない気分になってくる。

「あぁ……もう……」

指が内部に挿入されていく。それにつれて、甘い痺れが大きくなっていった。指を出し入れされると、今度はその刺激が快感になる。

身体の芯に燻《くすぶ》っていた熱が次第にふくらんでいって……。

頭の中まで沸騰したようになり、上手くものが考えられない。身体は今にも絶頂に向かっていきそうだったが、まだ何かが足りない。いや、正確には、どうしても欲しいものがあった。

「オーウェン……！」

ビアンカは彼の名を呼んだ。

「お願い……あぁ……っ」

身体をくねらせながら、彼に頼んだ。彼は顔を上げて微笑んだが、それは少し意地悪な笑みにも見えた。

「何をしてほしいか言わないと判らないな」

「そんな……」

本当は判っているはずだ。ビアンカの身体がどれほど高まっているのか、彼が気づかないはずがない。

「何が欲しいんだ？　言ってみるといい」

それを言わないことには、彼は行動に移さないということだ。今日は本当に意地悪だ。

「あ、あなたが……あなたが欲しいの！　お願い！」

とうとうビアンカは彼に懇願した。欲しいものを言えなんて、彼はわざと恥ずかしいことをさせている。というより、さっきからずっとそんなふうだった。ビアンカが恥ずかしがるところが面白いと思っているのかもしれない。

オーウェンは指を引き抜き、代わりに己のものをビアンカに挿入した。

たちまち指先まで熱く痺れる。

彼はニヤリと笑うと、ビアンカの身体を抱き寄せ、繋がったまま引き上げた。

「やっ……な、何……？」

まるで彼の膝の上に抱っこされているみたいな格好になっている。だが、実際には繋がっているのだ。何よりその証拠に、自分の重みで奥まで彼のもので埋まっているのが、確かに判る。

ビアンカは彼の首に腕を回して、しがみついた。彼のほうもビアンカの背中を撫でながらも、自分に引きつけている。

肌がとても温かい。快感とは違う部分で、心地よさを感じる。

その瞬間、彼と自分が分かち合っているものに気づいた。

彼がどう思っているかは判らない。けれども、ビアンカにとって、これは単に身体が繋がっているだけではなかった。何もかもが二人を繋いでいる。心の奥底まで、彼を愛していると思えた。

「動いてみて」

「えっ、動くって……？」

「こんなふうに」

彼はビアンカを下から突き上げた。腰が揺れる。途端に、快感が突き抜けていく。

「あんっ……ぁ……」

彼が言いたいことがなんとなく判った。ビアンカは彼にしがみついたまま、腰を上下させた。すると、彼のものが内壁を擦《さす》りながら、奥のほうまで入ってくる。自分の動きで感じるということが判って、ビアンカはひどく驚いた。

同時に、とても淫らな気持ちになってくる。

まるで自分の身体を自分で愛撫しているような気分になってきて……。

混乱したビアンカは、より一層、彼にしがみついた。彼もまたビアンカの腰を抱きながら、突き上げてくる。今や二人の感覚は完璧に同調していた。

「わ、わたし……あぁ……っ」

ビアンカは自分が制御できなくなりそうで怖くなってくる。

快感に呑み込まれていくような気がしたからだ。どんなものより、ただ彼を求めてしまいそうだった。

でも、欲しいのは彼の身体だけじゃないわ……。

ビアンカが欲しいのは、彼のすべてだった。今は隠れていて、なかなか見えないけれど、彼にもちゃんと人間的な優しさがある。ビアンカは彼を愛している自分に誇りを感じた。

オーウェンはビアンカの身体をギュッと抱き締め、そのまま再び動き出す。

「はぁ……はぁ……ああん……」

何度も奥まで突き入れられて、自分の口から淫らな喘《あえ》ぎ声が洩れている。唇を閉じようとしても、出てきてしまうのだ。

とても我慢なんてできない……！

全身が熱くて、たまらない。ビアンカは彼がもたらしてくれる快感に身を委ねる。

「も、もう……っ」

限界が来ている。ビアンカは本能的にぐっと身体に力を入れた。

「あぁぁ……んんっ……！」

激しい快感に昇りつめていく。同時に、オーウェンも身を強張らせた。ベッドに横たわった二人はしっかりと抱き合い、至福のときを味わう。

やがて甘い余韻が訪れた。

ビアンカはすっかり満足していた。彼の肌にずっと触れたいと思っていたけれど、それがなかなか叶《かな》わなかったからだ。けれども、今は違う。彼の背中に掌を滑らせて、その滑らかな肌の感触にうっとりする。

何もかもわたしのものよ……。

だが、彼はまだ余韻も醒《さ》めきらぬうちに身体を離した。温もりが逃げていく。ビアンカ

はまだ彼に触っていたかったので、がっかりした。

オーウェンは仰向けに寝転がり、大きな溜《た》め息《いき》をつく。

「なかなか……よかった」

「えっ……」

彼にとっては、たったそれだけのことだったのだろうか。ビアンカは彼のすべてに満足したというのに。

今さっきまで何もかも自分のものだと思えたのに、今は彼との間に壁を感じる。一旦、身体を離してしまえば、彼は元の自分に戻ることができるのだ。

そんな……。

ビアンカは無理だ。まだ彼の温もりが欲しい。繋がっていなくても、寄り添い、抱き合いたい。

彼はそうは思わないのかしら。

やはり彼はビアンカの身体にしか興味がないのだろうか。そんなことはないはずだ。彼はそこまで冷ややかな人間ではない。

彼はビアンカに向き直り、手を伸ばすと、唇にそっと触れてきた。

「君があんなことをしてくれるとは感激したよ」

それはビアンカが彼のものを愛撫したことを言っているのだろう。ビアンカはますます落胆した。彼にそう言われるまで満足していたが、気持ちがすっと冷めてくる。

彼にとっては、それだけのことなんだわ……。

自分の想いを読み取ってくれたからこそ、抱き合ったときに、あんなに心地よかったのだと思ったのに。

全部、自分の思い込みだったのだろう。彼はビアンカのことを愛してはいないのだから。

淋しい想いが込み上げてきて、涙を流さないでいるのは大変だった。めそめそ泣いたところで、何も解決しない。

「どうして、あんなことをしてくれたんだ？」

「それは……してみたかったから。あなたの肌にも触れてみたかったし」

彼は納得したような声を出した。

「なるほどね」

本当に彼は判っているのだろうか。いや、ビアンカがどう感じているのかについては、彼は判らないのだろう。まだ結婚一日目なのだから、二人の気持ちが通じ合うまで、時間がかかるのかもしれない。

でも、きっといつかは……。

ビアンカは彼の瞳を見つめた。すると、彼の目に再び欲望の炎が燃え上がるのが判った。

オーウェンはビアンカを抱き寄せる。

ビアンカは小さく溜め息をついた。

# 第六章　真実を知った二人

結婚式から二週間が過ぎた。

今はロンドンから離れて、オーウェンはビアンカと共に、領地の屋敷《やしき》に滞在している。関わっている事業のこともあり、もう少ししたらまたロンドンに戻らなくてはならないが、侯爵夫人のお披露目《ひろめ》と新婚旅行を兼ねていた。

領地へ着くなり、領民が歓迎する中、無蓋《むがい》馬車で王族のようにパレードをする羽目になったが、ビアンカが恥ずかしがりながらも領民におずおずと微笑《ほほえ》む姿を見て、オーウェンは満足していた。

なんといっても、彼女は美しい妻だ。領民もそう思っていることだろう。

領地は広大で、屋敷はロンドンに建つものとは比べものにならないくらい豪華で、まるで宮殿のようだ。初めてここを見たビアンカは大きく目を見開き、感嘆の声を上げた。金目当てだと、さんざん彼女を非難したオーウェンだったが、何故《なぜ》だかその姿にも、満足感が込み上げてきた。

不思議なものだな……。

オーウェンは書斎の窓から、ふと外を見た。もうずいぶん日が傾いている。昼間、ビアンカが乗馬服姿で横鞍《よこくら》の馬に乗っているのを見かけたが、さすがにもう戻っているはずだ。彼女は領地に着いて以来、外に出かけることが多かった。三年前に言っていたように、田舎《いなか》が好きなのだろう。

乗馬や散歩、読書をしている姿をよく見かける。それに、村に出かけて、領民と話すのも好きみたいだ。

本音《ほんね》を言えば、きっと彼女は退屈すると思っていたのに……。

オーウェンは溜《た》め息《いき》をついた。

彼女がいい意味でこの領地の侯爵夫人としてふさわしいことを、本当は喜ぶべきなのだ。しかし、素直には喜べなかった。

二人の仲はどこかぎくしゃくとしていたからだ。

夜、ベッドの中での彼女は、オーウェンだけのものだ。前から欲しくて仕方なかった彼女を手に入れられて、結婚してよかったと思う。

ただ……半ば脅迫して、結婚したのだ。彼女のほうは実はオーウェンを恨んでいるかもしれない。ブレスレットを贈ったときも、すぐに外そうとしたくらいだ。それに、ふとしたときに見せる悲しい表情が気になる。

オーウェンは侯爵という爵位があり、裕福で、なおかつ決して年寄りではない。自分で言うのもなんだが、社交界の若い娘達はみんな自分の花嫁に選ばれたがっていた。だから、ビアンカは幸せであるはずなのだが、どうもそんな顔は見せてくれない。

オーウェンは彼女が何を考えているのか、知りたくて仕方なかった。しかし、質問を投げかけてみても、納得できる答えは得られない。もどかしい思いだけがオーウェンを苛《さいな》んでいた。

結婚式の後の披露宴で、オーウェンは初めてビアンカの兄トレヴァーと話をした。厳密には初対面というわけではない。三年前には会っていたからだ。しかし、今までちゃんと話をしたことはなかった。

トレヴァーの末娘が病気だというのは、本当だったのだ。しかも、彼はドナからの借金をオーウェンが払ったと知って、お礼を言いにきた。そして、なるべく早く返すと言った。

結婚の贈り物のようなもので、返す必要はないと言ったものの、オーウェンはビアンカが嘘《うそ》をついていなかったことを知って、衝撃を受けた。

僕は頭から彼女が嘘をついていると思い込んでいた……！

彼女はドナを姪《めい》の病気話で騙《だま》し、高額な金を引き出したのだ、と。その金を誰か男に渡したかもしれないと思い、嫉妬《しっと》までしていた。それがすべて覆《くつがえ》り、あの日、オーウェンは半ば呆然《ぼうぜん》としていた。

トレヴァーの末娘はかなり具合が悪く、領地まで診察に来てくれる医者を探していた。ロンドンにいる高名な医者は忙しいこともあり、あまりそういうことをやりたがらない。だから、オーウェンは友人の名医を紹介すると約束した。

実際、オーウェンは結婚式の翌日、トレヴァーと共に医者を訪ねた。彼はオーウェンの頼みは断らない。すぐにトレヴァーの領地へ行ってくれた。もう少しよくなったら、ロンドンで本格的に治療をすることになっているらしい。

ビアンカのことを誤解していなければ、もっと早く紹介してやれたのに。そう思うと、自分の疑《うたぐ》り深さが嫌になる。とはいえ、ビアンカに対して、自分がそういうふうになるのは、元々、彼女のせいだ。

三年前のことが、まだ二人の間に横たわっている。あのとき、彼女に騙されていなければ、自分はここまでひねくれてはいなかったかもしれない。

だが、彼女に関して誤解していたことは多かった。となると、三年前のことにも誤解があったかもしれない。彼女は父親のためにあの大富豪と結婚することにしたのかもしれなかった。

ビアンカの父親は、彼女の心変わりだと言っていた。オーウェンは婚約記事を読んだときに、すぐに彼女が裏切ったと思ったから、彼女の父親の言うことを信じてしまった。それに、娘の悪口を好んで言うはずがないと思ったからだ。

いや、そもそも、彼女が金目当てだと吹きこんだのは、僕の父だった……。

高価なドレスを着ていて、贅沢《ぜいたく》好きだと。オーウェンはそうではないと反論したが、あのとき心に刻まれてしまったのかもしれない。

父は彼女の父親が借金漬けだとも言った。これは本当だった。大富豪が結婚直前に倒れ、そのまま死んだ後、屋敷にはすぐに大勢の借金取りが押し寄せたという。

つまり、彼女の父親は娘と大富豪を結婚させれば、借金を返済できるはずだったのではないだろうか。

ビアンカは父親に売られてしまったのか？

それは今回の結婚とどこか似ていた。

ビアンカがドナから返す当てもない借金をしたのは姪のためだ。オーウェンはその借金を返してやるし、彼女の兄に援助もすると約束した。もちろん断ったら愛人にすると脅しもしたが、彼女の心を動かしたのは金そのものではなく、家族のことだ。

彼女は家族のためなら、どんなことでもするのかもしれない。嫌な相手と結婚することも……。

だから、今、二人の仲はぎくしゃくしているのだろうか。自分は本当に彼女から嫌われているのかもしれなかった。

オーウェンは書斎で鬱々《うつうつ》とそんなことばかり考えているのが嫌になり、自分も馬に乗りたくなってきた。彼女と一緒に馬を走らせたら、どんなに爽快《そうかい》だろう。少しずつ昼間も二人の時間を持つようになれば、もっと彼女のことが判《わか》るようになるかもしれない。疑いは全部晴れて、彼女が本当はいい心根の持ち主だと信じられるようになったら……。

もちろん、そのほうがいいに決まっている。

オーウェンは再び書類仕事に戻ろうとして、机についた。そのとき、扉が叩《たた》かれた。

「旦那《だんな》様！」

切羽《せっぱ》詰まったような声で、執事が中に入ってきた。

「奥様が乗馬にお一人で出かけられたのですが、まだ戻られていません！」

「なんだって！」

オーウェンは立ち上がり、執事の隣で申し訳なさそうにしている馬番を問い詰めた。

「ビアンカが馬に乗っていたのは、ずいぶん前に見た。戻ってこないなら、どうして今まで報告しなかったんだ?」

「いつもはもう少し早く戻られるのですが、最近、外で過ごされることが多くて……」

オーウェンは眉《まゆ》をひそめた。

彼女はオーウェンと顔を合わせたくないから、日が暮れるまで外に出て、どこかで過ごしていたのだろうか。

　一体、どこで……？

「村に行ったのか？」

　乗馬服姿で村に行くだろうか。馬車を使う気がする。だが、自分が彼女の何を知っているのだろう。彼女が昼間何をしていたかも知らなかったのだ。

「どこに行くとはおっしゃいません。森を抜けていかれるのがお好きみたいでした」

「どうして誰も彼女についていかなかったんだ？」

「あの……奥様は供など必要ないとおっしゃるので……」

「それでも、ついていくべきだ！」

　もしどこかで事故にでも遭《あ》っていたら……。

　オーウェンはそんな想像をしてしまい、ぞっとした。自分が万が一のことを考えて、きちんと彼女に言って聞かせるべきだった。彼女の好きなように行動させていた結果がこれだ。責任は自分にもある。

　そうだ。僕も昼間の彼女にほとんど話しかけもしなかった……。

　オーウェンの胸に罪悪感が忍び寄る。

「とにかく……捜そう。何もなければいいが」

　オーウェンは執事に、できるだけ人を集めて、ビアンカを捜すようにと指示を出すと、外に出た。

厩舎《きゅうしゃ》に向かい、自分の馬に鞍をつけ、跨《また が》った。責任を感じて、青ざめている馬番は自分もビアンカを捜しにいくために用意をしていたが、不意に大声を上げた。

「旦那様！　奥様の馬が……！」

横鞍をつけた馬が一頭、厩舎に向かって走ってくる。だが、その馬に乗り手はいなかった。

ビアンカは落馬したのだ。

オーウェンの全身に衝撃が走った。一瞬、硬い地面に投げ出されて動かないビアンカの姿が脳裏《のうり》をよぎる。

そんな馬鹿《ばか》な……！

手綱《たづな》を掴《つか》む手が痺《しび》れてくる。彼女は死んでいるかもしれない。確か彼女の父親も落馬して絶命したのだ。

いや、そんなことはない。彼女は無事だ！

オーウェンはすぐさま馬を走らせた。

気が急《せ》くが、自分まで落馬したら、元も子もない。ただビアンカが無事であってほしいと、必死で祈る。

僕がもっと彼女に気を配ってやっていればよかった！

領地に連れてきて、彼女がしたいようにさせていた。二人の仲がぎくしゃくしていたが、それでもいいと突き放していたのだ。

でも……そうじゃなかった。

僕は三年前と変わらず、彼女を愛しているから……。

愛しているから、再び裏切られることが怖かった。だから、ずっと疑い続けて、自分の心の中に入れまいとしたのだ。裏切られたら、傷つくからだ。

そうだ。僕はずっと彼女を愛していた……！

それを気づかないふりをして、彼女を侮辱し、傷つけた。身体さえ手に入れば、それでいいと思っていた。だが、もちろんそんなことはなかったのだ。

僕はこのまま彼女を失ってしまうのか？

そんなことになったら、もう立ち上がれない。彼女を幸せにしないまま、彼女に愛していると囁《ささや》かずに、このまま天国に旅立たせることは絶対にできない。

いや、ビアンカが死ぬはずがないじゃないか……。

森を抜け、広い草原を見渡した。ここに彼女がいるのだろうか。

「ビアンカ！　どこにいるんだ！」

手綱を握りしめ、オーウェンは必死に叫んだ。

大声を出したものの、誰も応《こた》える者はいない。ただ風に揺れる草や木々の音しか聞こえなかった。

どうしたらいいのだろう。どこを捜せばいいのか。こうしている間にも彼女は……。日が翳《かげ》ってきている。このまま日が落ち、暗くなってしまったら、朝まで彼女を見つけられないかもしれない。

しばらく草原を走り回ったが、彼女を見つけることはできない。

もう辺りは暗くなってきている。オーウェンに焦《あせ》る気持ちが忍び寄ってきた。

この先はなだらかな丘になっている。木々はあまり生えておらず、馬を走らせやすい場所だ。それに、丘から下にある村が眺められる。もしかしたら、彼女はあそこへ行ったのかもしれない。

しかし、あの丘には急な崖《がけ》があった。

落馬より怖いことがある。あの崖から下に落ちたら、とても助からない。再び死のイメージが浮かんできて、オーウェンは無理やりそのイメージを振り払う。

ダメだ。そんなことを考えては……。

彼女は必ず生きている。無事だ。どこかで脚でもくじいて、助けが来るのを待っているだけかもしれない。

そうだ……。そうに違いない。

オーウェンは馬を丘に向けて走らせた。

彼女に会ったら、叱《しか》らなくてはならない。

『どうして行き先も告げず、供もつけずに一人で馬に乗ったんだ。どれだけみんなが心配しているると思っているんだ？』

みんな？　いや、心配しているのは僕だ。僕がこんなにも胸が張り裂けそうなくらいに心配しているのを、彼女は知らずにいる。

僕がこんなにも彼女を愛していることも……。

こんなにも深く後悔していることも。

彼女を早く見つけたい。彼女の無事な姿が見たい。彼女の笑顔を見て、早く安心したかった。

僕が彼女と歩く人生はまだこれからなのに。

このまま彼女を失いたくない。

丘を登ったところで、もう日は完全に暮れていた。見上げると満月が見える。その光だけで、彼女を見つけられるだろうか。

「ビアンカ！　聞こえたら答えてくれ！　ビアンカ！　どこにいるんだ？」

オーウェンは馬を下り、崖から下を覗《のぞ》き込む。しかし、暗くて何も見えなかった。木々が生い茂っていることもあり、月明かりだけではとても下まで見えない。

「くそっ」

ランプを持ってくればよかった。今から取りに帰ったほうがいいだろうか。

ビアンカがここに来て、崖から落ちたとは限らない。それは判っているが、オーウェンは正常にものが考えられなくなっていた。落ち着こうとしても、どうしても落ち着くことができない。ただ焦る気持ちだけが込み上げてくる。必死で目を凝《こ》らして、崖から下を見つめた。

何も見えない。そこに真っ暗な穴が開いているようにしか見えなかった。

「ビアンカ！」

もう一度叫ぶと、どこかで弱々しい声が聞こえてきたような気がした。

「どこだ？　どこなんだ？」

耳を澄ませたが、もう何も聞こえない。だが、確かに聞こえたと思う。ただし、崖の下からではない。辺りを見回した。

少し離れた草叢《くさむら》の中に何かの塊《かたまり》が見える。

オーウェンは急いでそちらに駆け寄った。近づくと、その正体が明らかになる。乗馬服をまとったビアンカがそこに横たわっていた。

「ビアンカ！」

やっと彼女を見つけられた！

ほっとしたものの、同時に恐ろしかった。彼女は身動きもしない。胸の鼓動が激しくなる。

まさか彼女はもう……。いや、僕はかすかな彼女の声を聞いた。絶対に生きているはずだ！

それでも、確信はない。

もし彼女が死んでいたら……。

ふらつきながら草叢に近づき、彼女の傍《かたわ》らに膝《ひざ》をつく。

「ビアンカ……起きてくれ。頼む……ビアンカ！」

動かない彼女の頬《ほお》にそっと触れる。すると、彼女の瞼《まぶた》が動き、目が開いた。

生きていた！

その瞬間、汗がどっと噴き出す。震える手で頬を撫《な》でる。

「……大丈夫か？　痛いところは？」

どこか骨が折れているかもしれない。無闇《むやみ》に動かすことが怖かった。

「わたし……。ああ、落馬したんだわ。ニーナは？　怪我《けが》してないかしら？」

彼女はこんなときに馬の心配をしている。この優しさを、どうして今まで疑ってきたのだろう。

オーウェンの目から涙が零《こぼ》れ落ちた。

ビアンカははっとしたように手を伸ばして、オーウェンの頬に触れる。

「あなた……どうしたの？　どうして泣いているの？」

「君が……君が死んだと思ったから……」

声は震え、子供のように涙が流れ落ちる。恥ずかしいとは思わなかった。彼女が死ぬより悪いことは、ほかにないからだ。

彼女は戸惑うように微笑んだ。

「わたしは大丈夫よ。少し……少し痛いけど」

そう言いながら、彼女は身体《からだ》を起こした。少なくとも身体の自由は利くようで、ほっとする。脚も動くようだ。死なないまでも寝たきりになる場合もあるのだ。

オーウェンは頬に触れる彼女の手を、上からそっと押さえた。彼女の顔をもっとよく見たくて、まばたきすると、また涙が流れ落ちる。

「ごめん……。ごめん、ビアンカ。僕を許してくれ……」

「あなたが悪いわけじゃないわ。わたしが飛ばしすぎただけなの」

「そうじゃない。君を疑ったことを……許してほしい」

「オーウェン……」

ビアンカは驚いたように目を見開いた。彼女の目にも涙が光っている。

「本当に？　わたしを信じてくれるの？」

彼女はオーウェンに疑われていることがつらかったのだ。そう思うと、なんとしてで

も、彼女に償いたい気持ちが強くなってくる。

「信じるよ。僕は……馬鹿だった」

オーウェンは彼女の手を取り、恭《うやうや》しくキスをした。

彼女のことがこんなに大切なことに、どうして今まで気づかなかったのだろう。

ずっと僕の愛したままの彼女だったのに。

もちろん疑いたくなる理由はたくさんあった。けれども、それは母のことが頭にあったからだ。母と彼女を同一視して、母の罪を彼女に償わせようとしていたのだ。

だが、彼女を失うかもしれないと思った瞬間、自分の前に立ちはだかっていたすべての壁が取り払われた。今は彼女自身のことを公平な目で見ることができる。彼女のことが素直に信じられた。

「君を失うことを考えたら……。恐ろしかった。僕にとって君の代わりはいないことに、やっと気づいたんだ」

「オーウェン……！」

彼女は綺麗《きれい》な涙を零した。

それが悲しみではなく、喜びの涙だと思いたい。

オーウェンは彼女の唇にそっと口づける。唇を離し、しばしの間、二人は涙に濡《ぬ》れた瞳《ひとみ》で見つめ合った。

時が戻っていくような気がした。

二人が愛し合っていた三年前に……。

そのとき、馬の蹄《ひづめ》の音が近づいてくるのに気づき、はっと振り返った。馬番が二人を見つけ、こちらに馬を走らせてきた。

「旦那様、奥様は……」

「無事だ。だが、怪我が心配だ。丘の下のほうまで馬車を持ってきてくれ」

「判りました。すぐに用意します！」

馬番はそのまま丘を駆け下りていった。

オーウェンはビアンカに優しく声をかけた。

「屋敷に帰ろう。医者を呼ばなくては」

ビアンカを抱き上げると、彼女はどこか痛むのか、顔を歪《ゆが》める。

「大丈夫か？」

「ええ……。でも、自分で歩けるわ」

「歩くなんてとんでもない！」

医者に診《み》てもらわないと、とても安心できない。いや、それより身体中に触れて、骨が折れていないことを確認したい。

二人で馬に乗って、丘を下る気にはならない。危険だし、馬の脚にそんな負担をかけたくなかった。オーウェンは彼女を抱いたまま丘を下った。馬は後からついてくる。

オーウェンは宝物を抱くように、ビアンカを大切に抱いていた。

彼女はオーウェンに身をすり寄せていて……。

僕はさんざん彼女を苦しめてきた。なのに、彼女はこんな僕を信じてくれている。

そう思うと、胸が愛《いと》しさでいっぱいになる。だが、同時にあまりにも彼女にひどいことをしてしまったという後悔が胸をよぎる。

僕は彼女にどうやって償えばいいのだろう。

どうやって彼女に愛の告白をすればいいのか。

いや、そもそも、彼女は僕を愛してくれているのだろうか？　三年前の愛はもう消えてしまったかもしれない。そうでないとは、誰にも言い切れない。

オーウェンはビアンカを抱きながらも、彼女の心も自分の腕の中にあるようにと、祈っていた。


ビアンカは馬車を降りてから、寝室までオーウェンに抱かれたまま運ばれた。

自分で歩けると言ったけれど、彼は頑として言うことを聞いてくれなかった。彼は頑固で、こうと思ったら、なかなか考えを変えない。

でも、彼はわたしを疑って悪かったと言ってくれたわ……。

身体中が痛いが、それよりもそのことで胸がいっぱいだった。

まさか、彼が泣くなんて……。

どの言葉より、そのことにビアンカは衝撃を受けていた。ただ信じると言葉だけで言われるよりも、深く信じられる。

まるで三年前に戻ったような気がして……。

ただ、今まで何度もそう思ったのに、そのたびに裏切られてきた。今はビアンカに心を開いてくれているが、自分が大した怪我ではなかったと知ったら、また彼は元に戻るのではないだろうか。

今度こそ、本当に信じてくれていると思いたいけれど……。

だって、彼の涙を見たのは初めてだから。

オーウェンはベッドにビアンカを下ろすと、すぐに乗馬服を脱がせていき、コルセットを外した。そして、手早く下着も取り去っていく。

「あ、あの……オーウェン……」

「静かに。じっとしているんだ。骨が折れていないかどうか確かめたい」

彼は真剣な顔でそう言うと、ビアンカの身体を隈《くま》なく触れてきた。彼にとっては、医療行為のようなものかもしれないが、オーウェンに触られていると思うと、ビアンカは変な気分になってきてしまう。

「……よし。大丈夫のようだな。気分は悪くないか?」

「大丈夫。地面に打ちつけられた身体が痛いだけ」

「頭は? 頭も打ったんじゃないか?」

「少し……」

彼は眉を寄せて、心配そうにしている。だが、ビアンカは彼がこんなに優しくしてくれることが嬉《うれ》しかった。

彼は寝室の横に設《しつら》えてある浴室へ行き、濡らしたタオルを持ってくると、土がついているところを綺麗に拭《ふ》き取ってくれた。そして、ナイトドレスを着せる。

「できれば医者にも君の裸を見せたくないんだ」

「まあ……」

彼がそんなに独占欲を持っているとは知らなかったので、ビアンカは驚いた。

今日は驚くようなことばかりだわ!

結婚してから、二人はずっとぎくしゃくしていた。トレヴァーに高名な医者を紹介してくれたことには感謝していたし、これでロッティの病気のことを納得してくれたと思ったのに、彼はそのことについて何も言ってくれなかった。

だから、彼にとっては、それが真実であろうとなかろうと、ビアンカに対する気持ちは変わらないのだと思ったのだ。

金目当ての嘘つき……。

ずっと、そんなふうに思われているのはたまらない。

夜は一緒のベッドに入っていても、昼間はよそよそしい。自分達はそんなふうにずっと過ごしていくのかと思い、半ば絶望していた。

彼がわたしを愛してくれることなんかないんだわって……。

しかし、今の彼を見ていると、心からビアンカを心配し、大事に思ってくれているように見える。

心の隅に押し込めていた希望がまた目を覚ます。

今度こそ……信じていいのかしら。

ビアンカは自分に上掛けをかけ、ベッドの横に椅子《いす》を持ってくる彼をずっと見ていた。

やがて医者が来て、診察してくれた。骨は折れていなくて、打ち身だけだが、頭を打っているので注意するようにと言い、打ち身に塗る薬を置いていってくれた。

オーウェンは寝室から離れる気はないようで、傍らに置いた椅子に座り、ビアンカの世話をするつもりでいるらしい。

「あの……わたしはもう平気よ。何かお仕事があるんじゃないかしら」

彼は何かと書斎にこもっていたから、仕事が忙しいのだろうと思っていた。

「いや、いいんだ。急いでするようなことは何もない。君が元の身体に戻ること以外に、大事なことはないよ」

彼は優しくそう言って、額《ひたい》にキスをしてくれた。

なんだか兄が妹にするようなキスだ。せめて唇にしてくれればいいのに。ビアンカは少し不満だった。

「さあ、目を閉じるんだ。休んでいれば、身体もそれだけ早くよくなる」

「でも……まだ眠りたくない。あなたと話したいわ……」

寝てしまったら、また彼が偏屈な彼に戻っているかもしれない。ビアンカはそれが怖かった。いつまでも優しい人でいてほしい。そのためには、彼の気持ちの変化を知る必要があった。

「判った。何を話したいんだ?」

「あなたは……わたしを信じるって言ったけど……」

彼は重々しく頷《うなず》いた。

「再会してから、君を疑ってばかりいた。君が金目当てだという偏見があったから、すぐに疑ってしまった。だが、疑っていたのはすべて間違いだった。最初から、君を偏見の目で見ていなければ、すぐに気がついたことなのに……」

「でも、また何かあれば、あなたは疑うかもしれないわ」

不安を滲《にじ》ませるビアンカに、彼は首を横に振った。

「君はどんな演技もしていない。三年前に言ったように、田舎を愛し、風に吹かれて読書をするのが好きだ。宝石のついたブレスレットなんか好きじゃないんだ」

「最初は好きになったわ。心のこもった贈り物だと思ったから。ただ、あなたが金目当てのわたしが喜ぶものと決めつけたから……」

彼は後悔しているような表情になった。それを見たビアンカは胸が締めつけられるような気がした。

「悪かった。君のことを警戒していたんだ。君を愛してしまったら……また傷つけられるような気がして……」

ビアンカは胸がときめくのを感じた。

彼はわたしを愛してる……？

そうだとはっきり言われたわけではないが、それに近いことを言われた。ビアンカはそれだけでも嬉しかった。愛とは遠い生活をしていると思っていたが、案外、近くに隠れていただけかもしれない。

「きっと……僕達はもっとちゃんと話したほうがいい。そうだろう？」

ビアンカは頷いた。

「三年前のことを話そう。あれがすべての鍵《かぎ》だ。僕は君が大富豪の老人と婚約したことで、君に騙されたと思い、傷ついたんだ。愛していると言ったのも、結婚すると約束したのも、すべて嘘だったのかと……」

「そうじゃないわ。でも、あなたもわたしに愛を囁きながら、愛人がいたんでしょう? わたしも騙されていたって思って、傷ついたのよ」

それだけは言っておかなくてはならないと思った。話すなら、本当のことだけを話す必要がある。ビアンカは自分の心の内を全部打ち明けてしまいたかった。

「違う。本当はあのとき愛人なんていなかった。本気でプロポーズしたんだ。父にもそう言った。君と結婚したい、と」

オーウェンはビアンカの心の傷をあっさりと否定した。ビアンカはあのときから男性が信じられなくなっていたというのに。

本当に愛人はいなかったの……? じゃあ、あの人は?

「父は君のことを金目当てだと言ったけど、そんなことは嘘だと思った。だけど、君の婚約記事が新聞に載ったとき、父の言うことは本当かもしれないと思い始めてしまった」

「わたしは父に説得されたのよ。借金がたくさんあって、わたしが大富豪と結婚しなければ、何もかも失ってしまうと……。兄の一家もかなり貧しい暮らしをしなくてはならなくなると脅されて……。でも、新聞に載る前に、あなたに事情を説明するつもりでいたの。先に記事が出てしまったけど」

彼は暗い声で言った。

「僕はあのとき君に会いにいった。そうしたら、君のお父さんが謝ってきた。君はサンダースの金に目が眩んだんだと」

「ああ……オーウェン……」

父は自分のプライドを守るために、本当のことが言えなかったのだ。ビアンカがオーウェンと結婚したがっていることは知っていたというのに。

「わたしは部屋を脱け出して、あなたのところへ行ったわ。どうしても事情を説明したくて。そうしたら、あなたは愛人と戯《たわむ》れていた……」

「本当にあれは愛人じゃなかった。悪友を呼んでパーティーをしようとしたら、女を連れてきたんだ。僕は……あのとき、破れた心を少しでも癒《い》やしてくれるものが欲しかっただけだ。本気で愛していたから、痛手は深かったんだ。僕は普段あんなに酔ったりしない」

彼はきっぱり言った。

彼の目を見れば、本当のことを言っていることは判った。ビアンカが今まで苦しんできたことはなんだったのだろう。彼のことをずっと不実な男性だと思ってきたのに。

だけど、彼のほうも悪いと思うことで、わたしは彼への罪悪感を薄れさせようとしていたのかもしれないわ。

そうでなくては耐えられなかった。家族のためとはいえ、愛する人を傷つけて、平気ではいられない。

「わたしはずっと……あなたに実は裏切られていたんだって思っていたわ。弄《もてあそ》ばれて、傷つけられたんだって。だから、もう二度と恋なんてしないし、結婚なんてしないつもりだった」

「僕は君が金目当てで、僕を愛しているふりをしたけど、もっと条件のいいところに鞍替えしたって信じていた……。君のお父さんがそう信じ込ませたんだ」

二人はずっと互いを誤解し合っていたのだ。それも、父親のせいで……。

ビアンカはそのことを考えると、苦しかった。親というのは、子供を守る存在ではなかったのだろうか。

「あなたのお父さんもよ。わたしがお金目当てだって言ったんでしょう?」

「父がそう言ったのには理由がある。僕の母が金目当てで父と結婚したからだ。母はまだ小さかった僕を置き去りにしたんだ。父は苦しんで、その結果、女性を信じられなくなっていたんだろう」

「それは違うわ」

即座にビアンカは訂正した。

「どうして違うと言うんだ?」

「お義母様《かあさま》にすべて聞いたからよ」

彼は瞳をカッと見開き、ビアンカをぐっと睨《にら》みつけてきた。

母親のことになると、彼は感情的になる。どれほど彼は傷ついてきたのだろう。しかし、彼とヴァレリアの関係もそろそろきちんと正さなくてはならない頃なのだ。

ビアンカが首を突っ込むと、彼はきっと怒るに違いない。だが、それができるのは、今だけだ。

「……母は何を話したんだ？」

彼は低い声で尋ねてきた。

「お義母様は出ていったんじゃなくて、追い出されたのよ。それに、お義母様はお金目当てに結婚したんじゃなくて、お金で買われて、家族のために結婚したの。お義父様《とうさま》は結婚前から女性を信じていなかったんじゃないかしら」

「まさか！　母は嘘をついて、自己弁護しただけだろう」

「わたしにはそうは思えなかったわ。追い出された後もこっそりあなたに会いにいったと、おっしゃっていたけど、あなたは覚えていないの？」

彼はギュッと唇を引き結んだ。確かに覚えているのだ。その表情が物語っていた。

「来たよ。だが、いなくなって、二度と戻ってこなかった」

「きっと使用人の誰かがお義父様に密告したのね。お義母様は追い出されて、スコットランドの別荘に閉じ込められたそうよ。あなたが摘んだ野の花も取り上げられて……」

彼ははっと目を瞠《みは》った。明らかに表情が変わる。

「野の花は床に打ち捨てられて、萎《しぼ》んでいた……。父はそれを拾って、僕に言ったんだ。『おまえの母親はこんな花なんか喜ばない』と」

「ひどいわ……。お義父様のことを大して知っているわけではないけど、子供に平気でそんなことを言う人のことは信用できない」

信用できないとは少し言いすぎかと思ったが、ヴァレリアの涙を思い出すと、もっと言ってもいい気がする。結局、義父はオーウェンを自分の都合のいいように操るために、母親の悪口を言い、ひどい女だと思わせたのだ。そして、ビアンカとの仲も裂こうとした。

オーウェンは動揺していたが、それでも首を横に振った。

「父が冷たい男だということは判っている。しかし、だからと言って、母に罪がないとは言えないはずだ」

「そうかしら。あなたはお義父様にそっくりになってしまっている。女性のことはお金目当てだと思い込み、頑固にその考えを変えない。あなたはわたしのことを誤解していたと言うけど、誤解させた最初の原因はなんだったの？　お義父様の言葉だったんでしょう？お義母様のことも誤解しているんじゃないかと思ったことはないの？」

彼の顔は蒼白《そうはく》になった。自分が父親に操られた可能性について、思い当たることがあるのだろう。

「僕は……。いや、君のことを誤解していたのは認めるが……」

ビアンカは小さく溜め息をつき、頭を振った。彼は頑《かたく》なに認めようとしない。心の奥底まで本当に凍りついてしまったのだろうか。

そうじゃないと信じたい。だって、今さっきまで、彼はわたしのことを大事にしてくれていたのだから。

彼はわたしを失うのが怖いと言ったわ……。

けれども、彼の頭にまだ偏見が残っているとしたら、いつまた考えが変わり、疑いの気持ちが甦《よみがえ》ってくるのか判らない。

それはとても怖いことだ。

わたしは彼を信じることができる？

「わたしを信じるなら、お義母様のことも信じてほしい。だって、わたしはお義母様のことを信じているから」

彼は眉をひそめ、苦悩している。それほど母親への不信感は根深いのだ。だが、それをなんとか払拭《ふっしょく》してほしいと願った。

二人のために……。これからの結婚生活のために。

わたしのことを信じているなら、できるはず。

しかし、とうとう彼は信じるとは言ってくれなかった。

ビアンカの打ち身がよくなって、起き上がれるようになった頃、オーウェンは母に会いに行った。

本当のことを言えば、ビアンカの傍《そば》を離れたくなかった。離れてしまったら、二人の心の距離がまた開くような気がして怖かった。けれども、母に会わなければならない。会って、真実を知らなければ、前には進めない。ビアンカを愛していると告げられないだろう。

母はロンドンから少し離れたところにある村で暮らしていた。生まれ育った村で、実家の近くの小さな家に住んでいたのだ。

オーウェンは今まで母がどこで暮らしているか知らなかった。いや、住所は知っていたが、どんな場所なのか、どうしてそこにいるのかを考えもしなかった。子供の頃に見捨てられたという気持ちが強すぎたせいかもしれない。そして、父に植え込まれた母への嫌悪感がそうさせたのだろうか。

実際、母のことはそんなに覚えてはいない。覚えているのは、突然、自分の前からいなくなってしまったことと、何度か会いにきてくれたが、自分が摘んだ野の花を打ち捨てて、いなくなってしまったことだ。その他のことは、父から聞かされたことばかりだった。

領地の屋敷にもロンドンの屋敷にも、母の持ち物は何もなかった。父が捨ててしまったからだ。今思えば、父は母の思い出も自分からすべて奪っていたのだ。

どうして息子にそんな仕打ちができるのだろう。

答えは判っている。父は冷たい人間だからだ。

ビアンカの言うとおり、父はオーウェンを操っていたのかもしれない。確かに三年前のあのときまで、ほぼ思いどおりにできていたのだ。ビアンカへの想《おも》いが報《むく》われず、傷ついたときに自暴自棄になってしまった。父は厳しく叱ったが、オーウェンは父がいちいち自分の恋愛に口を挟んでくるのを耐えがたく思うようになり、屋敷を出たのだった。

それから父とは一緒に暮らすことはなかったが、父の言葉はオーウェンの頭の中にずっと残っていて、それが呪縛《じゅばく》のようになっていたに違いない。ビアンカのことを、金目当てで結婚を狙《ねら》う女なのだと、ずっと思い続けていた。

実際のところ、彼女は父親が亡くなった後も、結婚しようとすればできたはずだった。しかし、頑なにしようとしなかった。そのために兄の許《もと》を出て、働かなくてはならなかったとしても。

それが何を意味することなのか、オーウェンは深く考えなかった。考えることを拒否していたといってもいい。ちゃんと考えれば、すぐに結論が出るからだ。彼女は金目当てではなかったのだ、と。

そして、彼女の父親の借金のことを考えれば、彼女が家族の犠牲になろうとしたことは、すぐに判るはずなのに、それさえ拒否していた。彼女が金目当てだと考えることに、一体、なんの得があったのだろう。

オーウェンは自分の頑固な思い込みによって、ビアンカを傷つけ続けていた。父の言葉が呪縛となって、公正に考えることができず、いつもビアンカに責任を押しつけていた。

彼女は何も悪くない。

悪くないのに、彼女を脅して結婚させてしまった。彼女の身体が手に入れられれば、彼女を抱ければ、それで満足だと思っていたが、決してそうではなかった。

僕が本当に望んでいたのは……。

愛が溢《あふ》れる温かい家庭だった。ビアンカを愛しているから、彼女と結婚して、家庭を築きたかったのだ。

それに気づかぬまま、自分は大失敗を犯してしまっていた。

おぼろげな母の記憶を辿《たど》ってみる。母は美しく上品で、温かく優しかった。彼女に抱き締められると、幼い自分は至福の気持ちになったことを覚えている。だが、そこに打ち捨てられた野の花のイメージと父親の言葉が同時に浮かんできて、オーウェンを冷たい気持ちにさせていく。

もしビアンカの言うことが正しかったとしたら……。

僕は今まで何をしてきたのだろう。

母を遠ざけ、ビアンカを傷つけた。その元凶は父の冷酷さだったとしたら。

オーウェンは父にそっくりだと言われたことが気にかかっていた。父のことは好きではなかったし、反発する気持ちが大きかった。父のようになりたいと思ったことは一度もないのに、同じような人間になってしまったとしたら、あまりにもつらい。

母が暮らす家を見た途端、オーウェンは自分の間違いにすぐ気づいた。

金目当ての女性が暮らす家ではない。こぢんまりとした家で、一人で暮らすには大きいかもしれないが、侯爵夫人の家としては小さい。父は母が出ていってからも、ある程度の送金をしていたはずだし、オーウェンも父の死後、それなりの遺産を渡す手続きをしていた。

そうだ。金目当てなら、どうして家を出ていったんだ。

金目当てで結婚し、遊び好きで、金遣いが荒い。父がそういうイメージを植えつけていたが、そんな女性がこんな田舎の小さな家で暮らしているはずがなかった。

オーウェンはショックを受けつつ、扉を叩いた。応対に出てきたのは初老の家政婦で、彼女はオーウェンが息子だと名乗ると、大層驚いた様子だった。

もちろん母も驚いていたが、どこか警戒心を抱いているような微笑みを浮かべていた。ビアンカの最近の微笑みとどこか似ていて、オーウェンは心に痛みを感じた。ビアンカ同様、オーウェンのことが信じられないのだ。また傷つけられるかもしれないと思うと、きっとみんなこんな表情になるのだろう。

オーウェンは自分が傷つけられたと思っていたが、実際には逆に傷つけていたのだ。

「オーウェン、嬉しいわ。訪ねてきてくれて」

「母さん……。その……結婚式のときは来てくれてありがとう」

我ながら間抜けな挨拶《あいさつ》だと思ったが、母はにっこり笑ってくれた。年は取ったが、昔よく見た笑顔そのままで、オーウェンの肩から力が抜けた。

「さあ、座って」

オーウェンは言われるままに居間のソファに座った。贅沢な内装などではなかったが、清潔で心地いい室内だ。何より素朴で温かみがある。

「いい家だね」

思わずそう言っていた。

「まあ、ありがとう。小さいけれど、わたしのお気に入りの家なのよ」

母は紅茶や焼き菓子などを出してくれた。その間、取り留めもない雑談をしていたが、紅茶を一口飲んでから、オーウェンはやっとここに来た用件を口に出した。

「実は……ビアンカに聞いたんだ。僕は母さんが家を出たと聞いていたが、母さんは父さんに追い出されたと……」

自分の今までの思い込みを口にして、自分の間違いを認めることはなかなか難しいのだと思った。子供のようなたどたどしい言い方になり、赤面する。

母はなんと言っていいか考えているようだった。

「正直に本当のことを言ってくれ。僕は母さんの悪口ばかり吹き込まれて育ってきて、それを信じていた。だが、ビアンカは違うという。それに、この家へ来て……父さんの言ったことは間違いだと確信している。母さんは金目当てで結婚したとか、金遣いが荒くて、旅行ばかりしている遊び好きだと……」

「お父様はそう言っていたのね」

母は遠い目をして溜め息をついた。

「わたしとお父様は最初から合わなかった。でも、わたしの実家にはお金がなかった。半ば売られるようにして結婚したの。結婚生活はつらかった。お父様は跡継ぎが欲しいだけで、わたしなど本当は必要ではなかったの。それに、頑固でいらしたから……なんでも思うとおりにさせようとした」

オーウェンは自分のことを言われたような気がして、身が竦《すく》む思いがした。ビアンカの気持ちを考えず、結婚を強要した。ビアンカが思うようにならなくて、ひどく鬱屈《うっくつ》した想いを抱えることになったのだ。

「だけど、あなたが生まれて、とても幸せになれたわ。この子のためなら、なんでも我慢できる。そう思ったけれど……お父様の横暴はあなたにも及んだ。あなたをお父様みたいな人間にしたくないと思って、わたしはお父様に反抗したの。その結果、家を追い出された。世間体があるから離婚はしないでおいてやるから、ありがたく思えと言われたわ。お金だけは送ってくれたけど……。あなたと離れて暮らさなくてはならないなら、それがなんになるの？」

母が本気でそう言っているのは判った。母の側から聞くと、まったく違う話だ。それなのに、頭から父の言うことだけを信じていた。冷静に考えれば、あの冷たい父の言うことを信じるべきではなかったのに。

「母さんはそれでも僕に会いにきていた……」

「ええ。そのとおりよ。あなたの乳母が、お父様が留守にするときを知らせてくれたの。何度かこっそり会いに行ったけど、最後には見つかってしまって……。あなたが摘んでくれた野の花を持って帰りたかったわ。本当よ」

長い間、床に打ち捨てられた野の花が、オーウェンの頭に残っていた。そして、母に見捨てられたと思っていたのだ。その記憶が違うものに変わっていく。母はあの野の花を持って帰りたかったと、今でも思ってくれている。

父は残酷にもその想いを踏《ふ》み躙《にじ》り、母を自分から引き離した。あの野の花は母から見捨てられた象徴ではなく、父の冷酷な性格を表しているものだったのだ。

胸が締めつけられ、以前より年取った母を見つめる。母は目に涙を浮かべている。

「母さん……」

オーウェンは座っていられなくなり、立ち上がり、母の許に跪《ひざまず》いた。そして、母の手を両手で握り締めた。

小さな細い手だ。自分が子供の頃には温かく大きな手だと思っていた。

「今まで誤解をしていた。ごめん」

母の目からは涙がはらはらと零れ落ちていく。

「いいえ……。判ってくれて嬉しいわ。もう二度と、こんなふうに手を握ってくれることなんてないと思っていたから」

父の葬儀のときも、結婚式の日も、オーウェンは母をほとんど無視した。そのことを後悔していた。自分は頑固なあまり、歩み寄るチャンスをなくしたまま、母を失っていたかもしれない。ビアンカが母のことを教えてくれなかったら、恐らくそうなっていただろう。

そして、オーウェン自身は母の愛情も知らず、世の中の愛というものをすべて撥《は》ね除《の》け、きっと淋《さみ》しいまま死んでいた。

ビアンカへの愛も……。

オーウェンはビアンカに裏切られたと思い、彼女に感じた愛情も否定した。世の中には愛などないし、まして男女の愛は信じられない、と。だが、それは間違いだった。

自分の間違いを受け入れ、母への誤解を受け入れたとき、オーウェンは今までにないくらい深い愛情をビアンカに抱いた。

「僕は……母さんのことを誤解していたのと同じように、ビアンカのことも誤解していた。彼女を傷つけ、泣かせてしまった。僕は……彼女を愛しているんだ。どんなものにも替えがたいほど……」

三年前にも彼女に愛していると口にした。だが、あのときののぼせた気持ちとはまったく違う。あのとき以上に深い愛情を感じている。

「ビアンカは素晴らしい女性よ。傷つけたなら、謝らないと。あなたはお父様みたいな人になってはいけないわ。愛しているなら、そう言いなさい」

オーウェンは頷いた。

「許してくれるだろうか。僕は許されないことをたくさんしてしまった」

「大丈夫。あなたはわたしの息子だから」

そう言われたとき、父の呪縛が初めて解けたような気がした。

僕はあの父の子だが、この母の子でもあるのだ、と。

そう思うと、不思議に力が湧《わ》いてくる。必ずビアンカの愛を手に入れることができるに違いないと思えてきた。

「母さん……。僕はビアンカの許に戻るよ。もうなんの迷いもないから」

オーウェンはそう決心した。


ビアンカはオーウェンが行き先も告げずに屋敷を出てしまい、困惑していた。

一体、彼はどこへ行ったのだろう。そして、いつ帰ってくるのか。

ひょっとしたら、ロンドンにいるのだろうか。ビアンカが起き上がれるようになるまでは傍にいてくれたが、ヴァレリアを庇《かば》ったことでまだ気分を害して、帰ってきたくないのかもしれない。

いっそ、言わずにいたほうがよかったのだろうか。いや、そうではない。絶対言うべきだった。

彼の心の闇《やみ》に明かりをともさなくてはならなかった。そうすることで、彼自身も幸せになれるはずなのだ。

でも、彼にとっては、いらないお節介だったかもしれないわ。

ビアンカはあのときのことを何度も思い返していた。

　今はもう打ち身もよくなり、普通に身体を動かせるようになっていた。とはいえ、乗馬はまだしてはいけないらしい。オーウェンが出ていく前に、馬番にきつく言い聞かせていた。自分が帰ってくるまでビアンカを馬に乗せるな、と。

　もう！　あなたはどこに行ったの？

　ビアンカは庭を散歩するのにも飽きて、本を持って温室に向かった。温室の中には椅子やテーブル、ソファがあり、ここでお茶を飲んだり、ゆっくり休めるようになっていた。

　ビアンカはソファに腰を下ろして、本を開いた。

　そのうちに、眠くなってきてしまう。大きなベッドに一人で寝るのが淋しくて、夜はなかなか寝つけないのだ。うつらうつらしていたので、ソファにそっと横になる。目を閉じると、たちまち眠りに引き込まれていってしまった。

「ビアンカ……」

　オーウェンの声が聞こえる。

　わたし、彼の夢を見ているのだわ。

　目を閉じたまま腕を伸ばす。すると、誰かの身体に触れた。そして、その誰かが身を屈《かが》め、ビアンカの唇にキスをした。

　ぱっと目を開けると、そこにはオーウェンがいた。

　淋しさのあまり幻《まぼろし》を見たのかと思ったが、間違いなくオーウェンだった。

「ど、どうしたの？　こんなところに急に……」

ビアンカは慌てて身体を起こした。

「帰ってきたばかりなんだ。君がここにいると聞いて、すぐに来た」

「まあ……そうなの」

ビアンカはなんと言っていいか判らなかった。彼に会いたかったし、淋しかったのだが、なかなか素直にそれを言葉や態度に表せない。ヴァレリアとのことが解決されない限り、互いに信じ合うことができるように思えなかったからだ。

一緒に暮らすには難しい相手だ。もちろんそれでも愛しているが、それだけでは幸せな未来が待っているとは言いがたい。

「母に会いに行ってきた」

「えっ……」

ビアンカはぽかんと口を開いた。頑固な彼が自《みずか》ら母親に会いに行くとは思わなかったからだ。

「まさか……。いえ、本当に会いに行ったのね？　それで……どんな話をしたの？」

ビアンカは警戒しながら尋ねた。

「素直に尋ねた。君が言ったことが本当かどうか知りたかった。母はいろんなことを話してくれたよ」

それなら誤解は解けたのだ。オーウェンは父の言葉に惑わされ、母親のことを悪女か何かのように嫌っていた。それが覆ったのなら、喜ばしいことだ。

ビアンカの胸は温かくなってくる。

これで、彼の心の傷も癒やされるわ。

「ああ！　お義母様はさぞかし喜んだことでしょうね！」

「ああ。何もかも君の言うとおりだった。母は僕を見捨てる気なんてなかったのに、父に追い出されたんだ」

彼がそれを納得してくれて嬉しい。ビアンカはやっと心から微笑むことができた。

「よかったわ、本当に。わたしはあなたの心が凍りついたままで溶けないんじゃないかと、ずっと心配していたの」

「もう溶けたよ、何もかも」

彼はビアンカの手を握った。

「オーウェン……」

「ここを散歩しながら話さないか？」

ビアンカは頷くと、立ち上がった。彼の手の中に自分の手がすっぽり包まれている。それだけで心地いいと思ってしまう。

結局、わたしは彼のことを愛していて、たとえ一時にせよ、離れていることができないんだわ……。

ビアンカは温室の中の小道を、少し照れながら彼と手を繋《つな》いで歩いていく。

「母は田舎の小さな家で暮らしていたんだ。父は金を送っていたし、それは父が亡くなってからも続いている。遺産もあるし、しようと思えば贅沢な暮らしもできた。だけど、母はそれを恵まれない人達のために使っていたんだ」

「そうだったの……。お義母様はとても優しそうな人だったものね」

「僕は金を稼いだことでいい気になっていた。母の考えを知って、僕は恥ずかしかったよ」

ビアンカは彼の正直な考えを聞いて、気持ちが和《なご》んだ。頑なな彼は姿を消して、すべてを素直に受け止めることができるようになったのだ。

今は憑《つ》き物が落ちたように、穏やかになっていて、そんな彼にビアンカはときめいた。

彼こそ、三年前に愛したオーウェンだわ……。

いいえ、あのときより大人になって、もっと魅力がある人になっているみたい。

「でも、あなたの立場は違うわ。侯爵として先祖から受け継いだものを維持しなくてはならないだろうし、領民に対しての責任もある。裕福でない貴族の領地に住む人々は困ることもあるから……」

ビアンカの頭にあったのは、兄の領地に住む人々のことだった。兄は懸命に領民のために奔走したが、父の残した借金の整理をした後には大したものは残らず、ひどく苦しんでいた。オーウェンに兄のような苦悩は感じてほしくなかった。

「そうだね。領地といえば、僕はお兄さんにも会いに行ったよ」

「えっ……どうして？」

「二人でじっくり話をしてみたかったんだ。まだ思い違いや誤解が残っていないか、はっきりさせたかった」

オーウェンと兄はどんな話をしたのだろう。ビアンカは興味を持った。

「お兄さんは三年前のことをかなり詳しく知っていた。君のお父さんは最初、僕達が何度も会っているのを見て、満足していたらしい。僕は侯爵の息子だったし、侯爵家は裕福だった。きっと借金の整理に力を貸してもらえると思っていたんだろう」

「なんだか恥ずかしいわ。父がそんな浅ましいことを考えていたなんて……」

「確かにそうだが、世間ではよくあることだ。僕の父だって、母を金で買ったんだからね。そんなに恥ずべきことじゃない。ただ……僕の父は僕達の関係を快く思っていなかった」

ビアンカはそっと頷いた。

「それで、あなたにわたしのことをお金目当てだとか言ったんでしょう？」

「いや、それだけじゃなかった。父は君のお父さんのところに出向いて、侯爵家は破産寸前で、金がないと吹き込んだんだ。だから、息子は持参金をたっぷり持っている娘としか結婚しないと」

「そういえば……父はそのようなことを言っていたわ。ただ、あなたのお父さんがわざわざ父を訪ねてきて、そう言ったとは知らなかった」

「父の言ったことは嘘だ。父は自分の気に入る娘を僕の花嫁にしたかったから、君を花嫁候補から排除するために嘘をついたんだ。実は、君と出会う前にも誰かと少し仲良くなるたびに、父は邪魔をしてきた。君と出会って、絶対に結婚すると決めていたから、父にそう言っておいたが、今考えれば、それがよくなかったんだな」

オーウェンは温室の隅にあるベンチを見て、そこに座ろうと指で合図した。ビアンカが腰かけると、彼はその隣に座った。

「前にも言ったが、僕は父のやり方には反発を感じていたし、支配されるのが嫌で、自分でそれなりの資産を作っていた。だから、父に反対されたとしても平気だったんだ。けれども、君も君のお父さんもそれを知らなかった」

「父はそれで借金の返済のために、サンダースと話をつけたのね……」

「ああ、そうだろう。君はお父さんのために、僕との結婚を諦《あきら》めたんだね？」

優しく言われて、ビアンカは胸にあのときの悲しみが甦ってくるのを感じた。

「父のことだけじゃないの。甥《おい》や姪が路頭に迷うようなことになったらと思うと……。実際にはそこまで貧しくはならなかったけど、そんなふうに父に脅されたの」

「君は僕の母みたいな立場に置かれたんだね。家族のために、好きでもない老人の花嫁にならなくてはいけなかった」

ビアンカは頷いた。

彼がそれに気づいてくれるまで、こんなに長い時間がかかってしまった。けれども、あのときの悲しみや苦痛を判ってくれて、今までの苦労が報われたような気がした。

「それなのに、僕は母に見捨てられたことが頭にあって、君が裏切ったと思い込んだ。いや、最初から僕を弄んでいたに違いないと思った」

ビアンカは彼のそのときの気持ちが胸にすっと入ってきた。パーティーを開いて、美女と戯れていたときの彼は、ひどく投げやりな気分になっていたのだ。

オーウェンはビアンカの肩を強く抱いた。

「すまない。僕はどうしても君を傷つけたくて仕方なかった。だから、愛人がいたふりをした。僕は傷ついてないと言いたいがために……」

今、お互いの心が初めて通じ合ったような気がした。

誤解は解けていたものの、それでもまだわだかまりが残っていた。それが、すべて消えてなくなったのだ。

「あなたが言ってくれたことは、全部本気だったのよね？」

「僕が言ったこと？」

「わたしを……愛してるって。結婚したいって」

「もちろんだ！」

彼はもう片方の手でビアンカの手を握り締めた。

「君も本気だったんだね？」

「ええ……。もちろんよ。だから、サンダースが亡くなってからは、誰とも結婚しなかったの。あなたに騙されて、男性が信じられないからだと思っていたけど、そうじゃなかった。本当は……」

ビアンカは彼の顔をそっと見た。彼は優しく微笑んでくれる。

「本当は？　いや、僕から先に言おう。僕は君を恨んだこともあった。再会してからも、君を悪いように誤解してばかりで、どんなに君を苦しめたことだろう。だけど、心の奥にはずっとひとつの想いがあった」

ひとつの想い……。

ビアンカの胸は彼の真剣な眼差《まなざ》しに熱くときめいた。

オーウェンは立ち上がると、ビアンカの前に跪く。

「愛してる。父の言葉や偏見に邪魔され続けていたけれど、今なら判る。三年前からずっと君だけを愛し続けていたんだ」

ビアンカは彼の言葉を噛《か》み締めるように聞いていた。一言も忘れたくないからだ。

彼はわたしを愛し続けてくれていたのね……。

「わたしも……愛してるわ。ずっとずっと愛し続けていたの。あなたのことを忘れたことはなかった」

長い間、心の中に温め続けていた言葉を、やっと口にできた。ビアンカの胸に感動が湧き起こる。

彼はビアンカの指から婚約指輪と結婚指輪をするりと抜き取り、捧《ささ》げ持った。

「君のすべてを愛しているよ。君とこれからの一生を共に歩んでいきたい。君と温かい家庭を作りたい。だから、改めて……僕と結婚してくれ」

これはプロポーズのやり直しなのだ。前のプロポーズは半ば脅迫されたようなもので、ビアンカの身体が欲しいといった理由だった。だから、ビアンカはずっと不安に苛まれていた。

だけど、これからは違う。

愛し合っているから結婚するのだ。そして、彼の理想とする温かい家庭を作るために。

ビアンカの目から涙が零れ落ちた。けれども、それは決して悲しみや苦しみの涙ではなく、最高に嬉しいからだった。

「はい。あなたと結婚します。一生、あなたの傍にいて、あなたの子を産み、家族と共に生きるわ」

「ビアンカ……！」

彼は指輪をはめると、その指に熱いキスをした。

指先から熱が伝わってくるようで、ドキドキしてくる。指だけではなく、唇にもキスしてほしい。

いいえ、キスだけでなく、彼が欲しい……。

二人は手を握ったまま立ち上がった。

「寝室へ行こう」

「ええ……」

ビアンカは彼の蕩《とろ》けるような微笑みを見て、胸が熱く震えた。


寝室に入るなり、ビアンカは抱きすくめられ、唇を奪われた。もう一刻の猶予もないといった情熱を感じて、身体が熱くなってくる。

ビアンカも彼同様、キスをしたかったから、絡みつく舌に懸命に応えた。

わたしもこんなにあなたのことを愛しているのよ……。

二人はずっと身体を重ねていたものの、心は離れたままだった。実際には愛し合っていたのだが、お互い本心は隠したままだったので、今まで相手の気持ちを知らぬまま抱き合っていた。

でも、これからは違う……。

今日は愛されながら抱かれる初めての日なのだ。身体だけでなく、彼のすべてがビアンカのもので、ビアンカのすべてが彼のものだった。

オーウェンは唇を離して、至近距離でじっと目を見つめてくる。

彼の瞳には愛が溢れていた。今まで隠れて見えなかったものだ。胸に愛しさが込み上げてきて、ビアンカはいつしか微笑んでいた。

「僕は愚かだった。こんなに遠回りしていたなんてね」

「わたしも……同じ気持ちよ」

どちらが悪いという話ではない。お互いに間違っていた。けれども、これからは素直になんでも話し合える関係でいたい。もう二度と誤解なんてしたくないから。

彼はビアンカの肩に触れてきた。

「君は邪魔なものを着てるようだね」

「そうね……」

「脱がせてあげようか？」

そっと頷くと、彼はビアンカをベッドに誘い、そこでドレスを脱がせ始めた。

女性は身につけているものが多いし、ボタンの数も多く、すっかり脱いでしまうまで時間がかかり、もどかしい思いをする。しかし、一枚一枚、衣類を剝《は》ぎ取られていくにつれ、ときめきが高まっていく。

それも、彼から愛されていると判っているからだ。そして、彼が熱い眼差しを送ってくるからだった。

今までこれほど自分の身体について意識したことはなかった。しかし、賞賛されるように見つめられていれば、意識せずにはいられない。

「君は本当に綺麗だ……」

最後の一枚まで脱がした彼が囁く。ビアンカは顔を赤らめた。

「そんなに綺麗ってわけじゃないかも……」

愛があるから、そんなふうに見えているだけだ。もっと美しい人はたくさんいる。だからといって、褒められて嬉しくないわけではない。

「僕の目にはそう見えるんだ」

結局はそういうことなのだ。ビアンカはにっこり笑って、彼の上着に手をかけた。彼の服も脱がせてしまいたい。早く生まれたままの姿になり、彼の肌を撫でたかった。

上着とベストを脱がせ、クラヴァットを解《ほど》き、シャツのボタンを外しているうちに、彼はビアンカの身体に触れてきた。

「も……もう……触られていたら、ボタンを外せないわ……」

彼はビアンカの両胸を包み、その先端を指先で弄《いじ》っている。身体の奥から熱いものが込み上げてきて、身体を揺らした。

「僕が脱ぐのは後でいいじゃないか」

「いやよ……だって……」

「公平じゃない？　いいんだ。僕は自分の快楽より、君を気持ちよくさせてあげたいんだから」

彼はそう言いながら、ビアンカをそっとベッドに押し倒した。そして、柔らかい乳房を手で摑み、キスをしてくる。

「あ……ぁ……っ」

乳首を舌で転がされ、ビアンカの身体はビクンと震えた。

何度もしていることなのだが、今日はやはり違う。彼の愛情を受けての行為だから、いつもよりずっと感じやすくなってしまっている。

彼への気持ちを遮るものがないからだろうか。

愛しているという想いを込めて、ビアンカは彼のシャツの背中を撫でていく。彼も愛を込めて愛撫《あいぶ》してくれているのだ。

なんて気持ちがいいの……。

心から彼を愛している。今までよりずっと広い心で、彼のことを受け止められる。

彼の執拗《しつよう》な愛撫は止まらなかった。他のところにも触れてほしいのに、胸ばかりを弄られて、次第に我慢できなくなってくる。

いつしか、ビアンカは彼に腰を擦《す》りつけるような動きをしていた。

彼はそれに気づいて、クスッと笑う。

「そんなに待てないんだ？」

笑われて、ビアンカは赤くなった。けれども、触れてほしいところを放置されているのはつらい。彼に触ってほしくて仕方ない。

「僕も触ってほしいと言ったら？」

「あ、あの……わたしも触りたいわ……」

彼が触れてほしい気持ちも判る。ビアンカはおずおずとズボンに包まれた彼の股間《こかん》に触れた。

「いい考えがあるんだ。同時にしよう」

「え……同時に？」

ビアンカは首をかしげた。どういう意味なのか判らない。

彼は起き上がると、残りの衣類を手早く脱ぎ捨てた。全裸となった彼はベッドに横たわった。そして、ビアンカにどうしてほしいのか指示を出す。

ビアンカは彼の言うとおりにポーズを取って、赤面した。

ベッドで寝ている彼の上に、ビアンカは頭を逆にして上に乗っているのだ。今、ビアンカの目の前に彼の勃《た》ち上がっているものがある。そして、彼の目の前に自分の大事なところが晒《さら》されていた。

「わ、わたし……これはちょっと……」

腰を浮かせて逃げようとすると、オーウェンに引き戻された。

「これでいいんだよ。さあ……」

彼に促されて、ビアンカは彼のものに両手を添え、キスをする。そして、舌と唇を使い、懸命に愛撫をした。彼を気持ちよくさせたいという一心で、そのうち自分が彼に恥ずかしい姿を晒していることは忘れかけていた。

ただ夢中になって、彼のものを愛撫していると、急に腰を引き寄せられ、秘部に舌を這《は》わされてしまった。

「やぁ……あん……あっ」

彼の舌に舐《な》められると、理性がすぐに失われていく。恥ずかしいという気持ちより、もっとしてほしいという気持ちのほうが大きくなるのだ。いつしか彼のものを愛撫するのを忘れそうになっていた。

快感を求めるように腰が揺れる。彼はビアンカのお尻《しり》や太腿《ふともも》を撫で、やがて秘裂に指を忍び込ませた。

「あ……」

彼の指が入ってくると、たちまちその部分が熱く痺れてくる。

「僕の指を締めつけているよ」

「そ、そんなこと……嘘よ。わたし、そんなことしてない」

「したよ。キュッと締まった。もっとしてって言っているみたいだ」

指が更に挿入される。根元まで入ってしまい、ビアンカの身体は震えた。

「もっと欲しい？　まだダメだよ」

彼は優しい調子で言うと、指をゆっくりと動かし始めた。ゆっくりなのに、敏感なところに指が当たってしまい、どうにもたまらない気分にさせられてしまった。

「はぁ……はぁん……ぁっ」

こんな声を出していると、淫《みだ》らな気分になってくる。ビアンカはいつしか彼のお腹《なか》に突っ伏していた。愛撫どころではなくて、ただ彼が与えてくれる快感に夢中になっていた。

腰が揺れる。そして、震える。まるで誘うように。

彼の指が引き抜かれて、ビアンカははっと我に返った。彼の上で自分はとんだ醜態を見せていた。こんなはずではなかったのに。

恥ずかしくて、慌てて彼の上から下りた。が、結局、彼の上に改めてまたがることになった。今度は向きが逆で、彼のほうを向いている。そして、彼のものを自ら受け入れることになってしまった。

こんなことをしたのは初めてで、ビアンカは戸惑っていた。

「わたし……無理よ……」

「大丈夫。できるから」

彼がそう言うなら、きっとできるのだろう。ビアンカはぎこちなく腰を落として、彼のものを呑《の》み込んでいった。

「あ……はぁ……」

体勢が変わると、同じように彼のものを受け入れても、感じ方がいつもと違う。ビアンカは不思議な気分になってきた。

いつもはただ受け身だった。彼がビアンカを抱いていた。しかし、これは違う。自分が彼を受け入れたのだ。

「あ……なんだか……」

彼のものが根元まですっぽり入っている。身体の奥に当たっているようで、そこが熱くなっているのが感じられた。

「さあ、今度は動いてみるんだ」

ビアンカは彼の言うとおりに腰を動かした。

「あっ……あん……あぁんっ……」

自分で動いて、自分でこんなふうに喘《あえ》ぐのはおかしいかもしれない。けれども、どうしても止められなかった。

気持ちよくて……。何もかも判らなくなってくる。

快感が次第に身体の中でふくらんできた。動くたびに、それが大きくなっていく。いつしかビアンカは彼の上で身悶《みもだ》えていた。

恥ずかしいところを余すところなく見られている。それでも、愛があれば大丈夫なのだろうか。いや、そんな不安は無用だ。二人の心は通じ合っているし、もし何かあっても、ちゃんと話せばいいだけだ。

少なくとも、こんなことで、彼はわたしを嫌いになったりしないわ。

やがて、彼はビアンカから身体を離し、今度はいつもと同じで、ビアンカをベッドに横たわらせた。そして、奥まで一突きされると、その快感で衝撃を受けた。

ビアンカは彼にしがみつく。

熱い肌が触れ合い、ビアンカは天にも昇る心地となった。

「あぁ……んっ……」

今までなら快感と共に、どこか虚《むな》しさを感じていたが、今日はそんなことはない。彼に愛されているという想いが、ビアンカをより感じさせていた。

いや、細かいことはよく判らない。ただ、彼と愛し合っているのだという想いが込み上げてきて、ビアンカは今誰よりも幸せだと思えた。

やがて、彼の動きが速くなってくる。ビアンカは彼の首に腕を回し、大きくなる快感に翻弄《ほんろう》されていった。

愛してる……！

その想いも強くなっていく。

全身が何か不思議なものに包まれているような気がして、いつもと感じ方が違っていた。

やがて彼はビアンカの奥までぐっと突き入れる。

ビアンカはその瞬間、昇りつめた。

「あぁぁっ……！」

信じられないほどの快感が全身を満たす。彼もまた絶頂に身体を震わせていた。

彼の速い鼓動と呼吸が伝わってくる。そして、何より肌の熱さが感じられて、ビアンカはうっとりした。

彼はわたしのもの……。

今ほどそう感じられるときはなかった。裸と裸で抱き合い、他に何も遮るものはない。

いつもと違うのは、この瞬間がこれからずっと続くことだった。

そして、彼との絆《きずな》が奪われるかもしれないと不安に陥らずに済むのだ。

ビアンカは今、とても幸せな気分に浸っていた。

しばらく夢心地のままだったが、やがて彼はそっと身体を離した。彼はベッドに仰向《あおむ》けになったが、すぐに横を向き、ビアンカと目を合わせる。

彼はにっこり微笑み、ビアンカの髪を撫でた。

「今日はいつもよりずっと感じたよ」

「わたしも……」

正直に答えると、彼はクスッと笑った。

「素直なんだな」

「だって、もう心の内を隠すのはやめたの。何も隠さなくていいから。わたしの秘密はもう打ち明けたわ」

「僕も同じだ」

そう言いながら、彼はビアンカを引き寄せ、軽く唇を合わせる。ビアンカは彼の肩から腕にかけて、指先を這わせた。

「まだ足りないのかな」

「そうじゃないわ。ただ……あなたに触りたいだけ」

愛しいあなたの肌に触れていたいだけ。

「明日……ロンドンに行こう。二人でドナに会いに行こう」

「ええ……」

ドナに会いたい。二人がこんなに幸せになったことを教えてあげたい。それから、彼女に感謝したいのだ。

「君のお兄さんもロンドンにもう着いている頃だと思うよ」

ビアンカは目を見開いた。

「ロッティは移動できるようになったの？」

「ああ。ロンドンで入院治療をすれば、ちゃんと治るらしい」

オーウェンはトレヴァー一家のためにロンドンに家を借りてくれた。最初はロッティの病気も嘘だと思っていたくらいだが、本当だと判ってからは、よくしてくれている。

「ありがとう……。あなたのおかげだわ」

「いや、単なる罪滅ぼしだよ。病気を治すのは医者だしね」

彼は照れたように笑う。ビアンカは彼のそんな表情を見つめながら、胸の奥が温かくなってくるのが判った。

彼が愛しくてたまらない。

守りたいと思ったときがあった。だが、今の彼は心に傷を抱えているわけではない。すべて癒やされている。

「ロンドンに行ったら……オペラを観に行こう。君をいろんな場所に連れていきたい。動物園や植物園にももう一度……美術館には行ったことがあるかい？」

「行ったことないわ。でも、わたし……あなたと一緒にいられれば、どこでもいいの。どこにだって、ついていくわ」

それはビアンカの本音だった。

二人の間にはいろんなことがあり、誤解から三年も離れたままだった。やっと心が通じ合った今は、ただ、彼と一緒にいたい。

それだけだった。

「ビアンカ……」

彼は目を輝かせている。

「あなた以外、何もいらないの」

ビアンカがそう呟《つぶや》くと、唇が重なる。

ああ、オーウェン……。愛しい人。

唇が離れると、ビアンカは目を開けた。

オーウェンが愛しげにこちらを見つめている。それだけで、とても幸せな気分になってきて、何もかも上手《うま》くいくような気がした。

そう。わたし達のことだけでなくて……。

ドナもヴァレリアもトレヴァーもロッティも。

愛が二人を幸せに導くように、自分達を取り巻く人々もまた幸せになれると信じたい。

「ビアンカ……愛しているよ」

彼の囁きが耳元で聞こえる。

「わたしもよ。オーウェン、愛してる……！」

オーウェンはビアンカを抱き寄せて、背中を撫で下ろした。途端に、ビアンカの中で何かが目覚める。

身体が熱くなっていって……。

二人は唇を重ねた。

# あとがき

こんにちは、水島忍《みずしましのぶ》です。

実は、今回の本は私の二百冊目の著書となります（別ペンネーム作品も含む）。今までたくさん思い込みが激しいキャラを書いてきましたが、オーウェンはその中でも思い込み強いランキングの上位にいる気がします（笑）。ビアンカはお嬢様なのに苦労して、その上、オーウェンにいろんな仕打ちをされて、とっても可哀想ですよね。でも、苦労した分、ただのお嬢様から成長して、芯の強い女性になったと思います。最終的に二人は信頼し合える関係になってよかったなあ、と。これからオーウェンの思い込みも、少し抑え気味になるといいですよね。

さて、今回のイラストは八千代《やちよ》ハル先生です。綺麗でうっとりなイラストで、特にカバーイラストや口絵は色っぽくて私のお気に入りです！　八千代先生、どうもありがとうございました。

それでは、このへんで。

水島　忍

『氷の侯爵と偽りの花嫁』、いかがでしたか？
水島《みずしま》 忍《しのぶ》 先生、イラストの八千代《やちよ》ハル先生への、みなさまのお便りをお待ちしております。

水島 忍先生のファンレターのあて先
〒112-8001 東京都文京区音羽2-12-21 講談社 文芸第三出版部「水島 忍先生」係

八千代ハル先生のファンレターのあて先
〒112-8001 東京都文京区音羽2-12-21 講談社 文芸第三出版部「八千代ハル先生」係

N.D.C.913　286p　15cm

水島 忍（みずしま・しのぶ）
2月3日生まれのO型。福岡県在住。
作家デビューから20年。
著書はこの本でジャスト200冊。
野球とフィギュアスケートと片付けに夢中。
http://www2u.biglobe.ne.jp/~MIZU/

講談社X文庫

white heart

氷《こおり》の侯爵《こうしゃく》と偽《いつわ》りの花嫁《はなよめ》

水島《みずしま》 忍《しのぶ》

●

2016年10月4日　第1刷発行

定価はカバーに表示してあります。

発行者――鈴木　哲
発行所――株式会社 講談社
東京都文京区音羽2-12-21 〒112-8001
電話 編集 03-5395-3507
販売 03-5395-5817
業務 03-5395-3615
本文印刷―豊国印刷株式会社
製本――株式会社国宝社
カバー印刷―豊国印刷株式会社
本文データ制作―講談社デジタル製作
デザイン―山口　馨


ISBN978-4-06-286925-6